卞尺丹几乙し丹卞と
Translated Language Learning

Eachtraí Alice i dTír na nIontas

Alice's Adventures in Wonderland

Lewis Carroll

Irish / English

Síos an Poll Coinín
Down the Rabbit Hole

Alice bhí ag tosú a fháil an-tuirseach
Alice was beginning to get very tired
bhí sí ina suí ag a deirfiúr ar bhruach an fhéir
she was sitting by her sister on the grass bank
ach ní raibh aon rud le déanamh aici
but she had nothing to do
bhí a deirfiúr ag léamh leabhair
her sister was reading a book
uair nó dhó Alice peeped isteach sa leabhar
once or twice Alice peeped into the book
ach ní raibh aon phictiúir ná comhrá sa leabhar
but the book had no pictures or conversations in it
"Cén úsáid a bhaint as leabhar gan pictiúir?," shíl Alice
"what use is a book without pictures?," thought Alice
"Cén fáth nach mbeadh aon chomhrá ag leabhar?"
"why would a book have no conversations?"
ach bhí rudaí eile le breithniú aici

but she had other things to consider
"Pléisiúr a bheadh ann slabhra daisies a dhéanamh"
"making a chain of daisies would be a pleasure"
"Ach an fiú an iarracht dul suas agus na daisies a phiocadh??"
"but is it worth the effort of getting up and picking the daisies??"
ní raibh sé chomh furasta smaoineamh air sin
this was not so easy to think about
toisc go raibh an lá ag déanamh go mbraitheann sí codlatach agus dúr
because the day was making her feel sleepy and stupid
ach go tobann cuireadh isteach ar a smaointe
but suddenly her thoughts were interrupted
coinín bán le súile bándearga ar siúl gar di
a White Rabbit with pink eyes ran close by her

Ní raibh aon rud ró-suntasach faoin gcoinín
There was nothing overly remarkable about the rabbit
agus ní raibh Alice smaoineamh ar an coinín iontach ceachtar
and Alice did not think the rabbit remarkable either
ná níor chuir sé iontas uirthi nuair a labhair an Coinín
nor did it surprise her when the Rabbit spoke
"Ó a stór! Beidh mé ródhéanach!" a dúirt sé leis féin
"Oh dear! I shall be too late!" he said to himself
ach ansin rinne an coinín rud nach ndearna coiníní
but then the Rabbit did something that rabbits didn't do
thóg an Coinín faire amach as a waistcoat-póca
the Rabbit took a watch out of its waistcoat-pocket
D'fhéach sé ag an am agus ansin hurried ar
he looked at the time and then hurried on
Alice fuair a cosa, i iontas
Alice got to her feet, in amazement
ní fhaca sí coinín le waistcoat riamh roimhe seo!
she had never seen a rabbit with a waistcoat before!
ná ní fhaca sí coinín riamh le faire!
nor had she ever seen a rabbit with a watch!
Alice bhí dhó le fiosracht nua
Alice was burning with a new curiosity
agus rith sí trasna na páirce i ndiaidh an Choinín
and she ran across the field after the Rabbit
ní raibh sí ach in am chun an coinín a fheiceáil ag imeacht
she was just in time to see the rabbit disappear
an coinín hopped síos i coinín-poll mór
the rabbit hopped down into a large rabbit-hole
I nóiméad eile, chuaigh síos Alice tar éis an coinín!
In another moment, down went Alice after the rabbit!
Chuaigh an poll coinín díreach ar nós tollán
The rabbit-hole went straight on like a tunnel
agus choinnigh an tollán ag dul ar feadh achair éigin
and the tunnel kept going for some distance
agus ansin tumtha an cosán go tobann síos
and then the path suddenly dipped down

Ní raibh Alice nóiméad chun smaoineamh ar stopadh í féin
Alice had not a moment to think about stopping herself
fuair sí í féin ag titim síos agus síos agus síos
she found herself falling down and down and down
dhealraigh sé amhail is dá mbeadh sí tar éis titim síos tobar an-domhain
it seemed as if she had fallen down a very deep well
Bhí an tobar an-domhain, nó thit sí go han-mhall
Either the well was very deep, or she fell very slowly
toisc go raibh neart ama aici le titim
because she had plenty of time to fall
mar a bhí sí ag titim d'fhéadfadh sí breathnú go léir timpeall uirthi
as she was falling she could look all around her
Ar dtús, rinne sí iarracht a dhéanamh amach cá raibh sí ag dul
First, she tried to make out where she was going
ach bhí an tobar ródhorcha chun aon rud a fheiceáil
but the well was too dark to see anything
ansin d'fhéach sí ar thaobhanna an tobair
then she looked at the sides of the well
agus thug sí faoi deara go raibh cófraí timpeall uirthi
and she noticed that there were cupboards all around her
agus ar fud an tobar bhí seilfeanna leabhar
and all around the well were book-shelves
anseo is ansiúd chonaic sí léarscáileanna agus pictiúir crochta ar phéacáin
here and there she saw maps and pictures hung upon pegs
Thóg sí síos próca ó cheann de na seilfeanna agus í ag dul thar bráid
She took down a jar from one of the shelves as she passed
lipéadaíodh an próca mar gheall ar a inneachar
the jar was labelled for its content
"MARMALADE DÉANTA AS ORÁISTÍ"
"MARMALADE MADE FROM ORANGES"
ach, dá díomá mór, bhí an jar marmalade folamh
but, to her great disappointment, the marmalade jar was

empty
ní raibh sí ag iarraidh an próca marmalade folamh a scaoileadh
she did not want to drop the empty marmalade jar
agus bhí a titim an-mhall
and her fall was very slow
mar sin d'éirigh léi an próca marmalade a chur i gceann de na cófraí
so she managed to put the marmalade jar into one of the cupboards
Síos, síos, síos sí titim!
Down, down, down she fall!
An dtiocfadh deireadh leis an titim riamh?
Would the fall ever come to an end?
Ní raibh aon rud eile le déanamh
There was nothing else to do
mar sin thosaigh Alice go luath ag caint léi féin
so Alice soon began talking to herself
"Beidh Dinah chailleann mé go mór anocht, ba chóir dom smaoineamh!"
"Dinah will miss me very much tonight, I should think!"
Ba é Dinah cat Alice
Dinah was Alice's cat
"Tá súil agam go gcuimhneoidh siad ar a saucer bainne ag am tae"
"I hope they'll remember her saucer of milk at tea-time"
"Dinah, mo stór, is mian liom go raibh tú síos anseo liom!"
"Dinah, my dear, I wish you were down here with me!"
Alice bhraith go raibh sí dozing as
Alice felt that she was dozing off
agus ansin go tobann, thump! Déar!
and then suddenly, thump! thump!
síos thit sí ar charn maidí
down she fell upon a heap of sticks
agus thuirling sí ar charn duilleoga tirime
and she landed on a pile of dry leaves
agus ar deireadh bhí an titim fhada síos an poll os a chionn

and finally the long fall down the hole was over
Ní raibh Alice gortaithe le beagán
Alice was not a bit hurt
agus léim sí suas laistigh de nóiméad
and she jumped up within a moment
D'fhéach sí suas, ach bhí sé ar fad dorcha lastuas
She looked up, but it was all dark overhead
os a comhair bhí dorchla fada eile
in front of her was another long corridor
agus bhí an Coinín Bán fós i radharc
and the White Rabbit was still in sight
bhí deifir air síos an dorchla
he was hurrying down the corridor
Ní raibh nóiméad le cailleadh
There was not a moment to be lost
as ar siúl Alice cosúil leis an ghaoth
off ran Alice like the wind
Timpeall an chúinne chas an coinín
around the corner turned the rabbit
ní raibh sí ach in am an coinín a chloisteáil
she was just in time to hear the rabbit
""Ó, mo chluasa agus whiskers"
""Oh, my ears and whiskers"
"Cé chomh déanach is atá sé ag fáil!"
"how late it's getting!"
Bhí sí gar taobh thiar den choinín
She was close behind the rabbit
chas sí timpeall cúinne eile
she turned around another corner
ach ní raibh an coinín le feiscint a thuilleadh
but the Rabbit was no longer to be seen
Fuair sí í féin i halla fada íseal
She found herself in a long, low hall
lasadh an halla le sraith lampaí síleála
the hall was lit up by a row of ceiling lamps
Bhí doirse ar fud an halla
There were doors all around the hall

ach bhí na doirse go léir faoi ghlas
but all the doors were locked
shiúil sí an bealach ar fad síos taobh amháin den halla
she walked all the way down one side of the hall
agus shiúil sí an bealach ar fad suas an taobh eile den halla
and she had walked all the way up the other side of the hall
gur thriail sí gach doras
she had tried every door
agus shiúil sí go brónach síos lár an halla
and she walked sadly down the middle of the hall
"cén chaoi a bhfuil mé riamh ag dul amach arís?"
"how am I ever going to get out again?"

Go tobann tháinig sí ar bhord beag
Suddenly she came upon a little table
rinneadh an tábla go hiomlán as gloine sholadach
the table was made entirely of solid glass
Ní raibh aon rud ar an mbord ach eochair bheag órga
There was nothing on the table but a tiny golden key
b'fhéidir gur le ceann de na doirse an eochair!
the key might belong to one of the doors!
ach, faraor! bhí cuid de na glais rómhór do na heochracha
but, alas! some of the locks were too large for the keys
agus do na glais eile bhí an eochair róbheag
and for the other locks the key was too small
ach, ar aon chuma, níor oscail an eochair aon cheann de na doirse
but, at any rate, the key opened none of the doors
ach cad a bhí le déanamh aici?
but what was she to do?
chuaigh sí tríd an halla arís
she went through the hall again
agus an uair seo thug sí cuirtín íseal faoi deara
and this time she noticed a low curtain
taobh thiar den chuirtín bhí doras beag
behind the curtain was a little door
bhí an doras thart ar chúig orlach déag ar airde
the door was about fifteen inches high
Bhain sí triail as an eochair bheag órga sa ghlas
She tried the little golden key in the lock
agus ar a aoibhneas mór, an eochair oiriúnach sa ghlas!
and to her great delight, the key fit in the lock!
Alice oscail an doras
Alice opened the door
agus fuair sí an doras i dtreo dorchla beag
and she found the door led into a small corridor
ní raibh an dorchla i bhfad níos mó ná poll francach
the corridor was not much larger than a rat-hole
chniotáil sí síos agus d'fhéach sí ar feadh na conaire
she knelt down and looked along the corridor

agus chonaic sí an gairdín is áille dá bhfaca tú riamh
and she saw the loveliest garden you have ever seen
conas a longed sí a fháil amach as an halla dorcha
how she longed to get out of that dark hall
an chaoi a raibh sí ag iarraidh dul ag fánaíocht i measc na mbláthanna geala sin
how she wanted to wander among those bright flowers
cé chomh fionnuar athnuachan d'fhéach na fountains
how cool refreshing those fountains looked
ach ní fhéadfadh sí a ceann a fháil fiú tríd an doras
but she could not even get her head through the doorway
"Ó," arsa Alice, mournfully
"Oh," said Alice, mournfully
"conas is mian liom go bhféadfainn filleadh suas mar theileascóp!"
"how I wish I could fold up like a telescope!"
"Sílim go bhféadfainn filleadh suas mar theileascóp"
"I think I could fold up like a telescope"
"mura raibh a fhios agam ach conas tús a chur leis"
"if I only knew how to begin"
Alice chuaigh ar ais go dtí an tábla
Alice went back to the table
bhí an seans ann eochair eile a aimsiú
there was the chance of finding another key
nó d'fhéadfadh leabhar rialacha a bheith ann
or there might be a book of rules
d'fhéadfadh an leabhar a insint di conas filleadh suas cosúil le teileascóp
the book could tell her how to fold up like a telescope
An uair seo fuair sí buidéal beag
This time she found a little bottle
"ní raibh an buidéal cinnte anseo roimh," arsa Alice
"this bottle certainly was not here before," said Alice
agus ceangailte thart ar mhuineál an bhuidéil bhí lipéad páipéir air
and tied around the neck of the bottle was a paper label
cuireadh an lipéad i gcló go hálainn i litreacha móra

the label was beautifully printed in large letters
"ÓL DOM"
"DRINK ME"
"Níl, beidh mé ag breathnú ar dtús," a dúirt sí
"No, I'll look first," she said
**"Feicfidh mé an bhfuil an buidéal marcáilte chomh nimhiúil
nó nach bhfuil,"**
"I'll see whether the bottle is marked as poisonous or not,"
mar ní dhearna sí dearmad riamh ar an gceacht faoi nimh
because she never forgot the lesson about poison
**"má tá lipéad nimhiúil ar bhuidéal, tá sé de cheangal air
easaontú leat"**
"if a bottle is labelled poisonous, it's bound to disagree with
you"
Mar sin féin, ní raibh an buidéal seo marcáilte mar nimhiúil
However, this bottle was not marked as poisonous
mar sin chuaigh Alice chun blas a chur ar ábhar an bhuidéil
so Alice ventured to taste the content of the bottle
fuair sí an leacht go leor dá liking
she found the liquid quite to her liking
bhí saghas blas measctha ar an deoch
the drink had a sort of mixed flavour
silíní-toirtín, custard, agus anann
cherry-tart, custard, and pineapple
turcaí rósta, taifí, agus tósta le him the
roast turkey, toffee, and toast with hot butter
agus ba ghearr gur chríochnaigh sí den bhuidéal
and she soon finished off the bottle
"Cad mothú aisteach!" A dúirt Alice
"What a curious feeling!" said Alice
"Tá mé ag filleadh suas cosúil le teileascóp!"
"I am folding up like a telescope!"
Agus bhí sí fillte suas cosúil le teileascóp go deimhin!
And she was folding up like a telescope indeed!
Ní raibh sí ach deich n-orlach ar airde anois
She was now only ten inches high
agus gheal a héadan suas ar a smaointe

and her face brightened up at her thoughts
anois bhí sí ar an méid ceart don doras beag
now she was the the right size for the little door
anois d'fhéadfadh sí dul isteach sa ghairdín álainn sin
now she could go into that lovely garden
níorbh fhada gur stop sí ag éirí níos lú
soon she stopped getting smaller
shocraigh sí ar dhul isteach sa ghairdín ag an am céanna
she decided on going into the garden at once
ach, faraor do Alice bocht!
but, alas for poor Alice!
fuair sí go dtí an doras
she got to the door
ach bhí dearmad déanta aici ar an eochair bheag órga
but she had forgotten the little golden key
chuaigh sí ar ais go dtí an tábla don eochair
she went back to the table for the key
ach fuair sí nach bhféadfadh sí teacht ard go leor
but she found she could not reach high enough
d'fhéadfadh sí an eochair a fheiceáil go soiléir tríd an ngloine
she could see the key quite plainly through the glass
rinne sí iarracht cosa an bhoird a dhreapadh
she tried to climb up the legs of the table
ach bhí an ghloine i bhfad ró-shleamhain
but the glass was far too slippery
faoi dheireadh tuirseach sí í féin amach le triail a bhaint as
eventually she tired herself out with trying
agus shuigh an cailín beag bocht síos agus chaoin sí
and the poor little girl sat down and cried
Alice labhair léi féin in áit géar
Alice spoke to herself rather sharply
"Tar, níl aon úsáid i caoineadh mar sin!"
"Come, there's no use in crying like that!"
"Molaim duit stopadh ceart an nóiméad seo!"
"I advise you to stop right this minute!"
Go ginearálta, thug sí comhairle an-mhaith di féin

She generally gave herself very good advice
cé gur annamh a lean sí a comhairle féin
though she very seldom followed her own advice
agus bhí sí ródhian uirthi féin uaireanta
and she sometimes was too harsh on herself
agus thug a cuid focal deora isteach ina súile
and her words brought tears into her eyes
Níorbh fhada gur thit a súil ar bhosca beag gloine
Soon her eye fell upon a little glass box
bhí an bosca beag gloine ina luí faoin mbord
the little glass box was lying under the table
Císte an-bheag a bhí sa bhosca gloine
in the glass box was a very small cake
ar an gcíste scríobhadh roinnt focal go hálainn
on the cake some words were beautifully written
bhí na focail marcáilte i gcurrants
the words had been marked in currants
"ITH MISE"
"EAT ME"
"Bhuel, beidh mé ag ithe an císte," arsa Alice
"Well, I'll eat the cake," said Alice
**"agus má dhéanann an císte fás níos mó orm, is féidir liom
an eochair a bhaint amach"**
"and if the cake makes me grow larger, I can reach the key"
**"agus má dhéanann an císte dom ag fás níos lú, is féidir liom
creep faoi an doras"**
"and if the cake makes me grow smaller, I can creep under the
door"
**"mar sin ceachtar bealach beidh mé ag dul isteach sa
ghairdín"**
"so either way I'll get into the garden"
"agus is cuma liom cé acu den bheirt a tharlaíonn!"
"and I don't care which of the two happens!"
D'ith sí giota beag den cháca
She ate a little bit of the cake
agus labhair sí go himníoch léi féin:
and she anxiously spoke to herself:

"**Cén bealach? Cén bealach?**"
"Which way? Which way?"
agus choinnigh sí a lámh ar a ceann
and she held her hand on her head
bhí sí ag iarraidh a bhraitheann cén bealach a raibh sí ag fás
she wanted to feel which way she was growing
bhí iontas uirthi go leor a fháil ar cad a tharla
she was quite surprised to find what had happened
d'fhan sí ar an méid céanna!
she had remained the same size!
Mar sin, an uair seo rinne sí a cuid iarrachtaí a dhúbailt
so this time she doubled her efforts
agus níorbh fhada gur chríochnaigh sí an cáca ar fad
and soon she finished off the whole cake

Linn na Deora

The Pool of Tears

"Tá sé seo ag fáil níos mó agus níos suimiúla!" Adeir Alice

"This is getting more and more interesting!" cried Alice

Is féidir leat a fheiceáil go raibh sí an-iontas

You can see she was very surprised

"Tá mé ag oscailt amach cosúil leis an teileascóp is mó a bhí ann riamh!"

"I'm opening out like the largest telescope there ever was!"

"Slán leat, a chosa! Ó, mo chosa beaga bochta"

"Good-bye, feet! Oh, my poor little feet"

"N'fheadar cé a chuirfidh ar do bhróga duit anois, a stór?"

"I wonder who will put on your shoes for you now, dears?"

"Agus n'fheadar cé a chuirfidh ar do stocaí?"

"and I wonder who will put on your stockings?"

"Beidh mé i bhfad rófhada ar shiúl"

"I shall be a great deal too far away"

"Ní bheidh mé in ann trioblóid a chur orm féin fút níos mó"

"I won't be able trouble myself about you anymore"

Díreach ag an nóiméad seo bhuail a ceann i gcoinne rud éigin

Just at this moment her head struck against something

bhí díon an halla sroichte aici

she had reached the roof of the hall

go deimhin, bhí sí anois níos mó ná dhá mhéadar ar airde

in fact, she was now more than two meters tall

agus thóg sí an eochair bheag órga ag an am céanna

and she at once took up the little golden key

agus d'imigh sí go doras an ghairdín

and she hurried off to the garden door

Alice bocht! Ní raibh mórán a d'fhéadfadh sí a dhéanamh

Poor Alice! There was not much she could do

leag sí síos ar thaobh amháin

she laid down on one side

agus d'fhéach sí tríd isteach sa ghairdín le súil amháin

and she looked through into the garden with one eye

ach bhí sé níos dóchasaí ná riamh dul tríd

but to get through was more hopeless than ever
Shuigh sí síos agus thosaigh sí ag caoineadh arís
She sat down and began to cry again
Chuaigh sí ar shedding galún de dheora
She went on shedding gallons of tears
níorbh fhada go raibh linn mhór timpeall uirthi
soon there was a large pool all around her
agus shroich an t-uisce leath bealaigh síos an halla
and the water reached half-way down the hall
Tar éis tamaill, chuala sí pattering beag de chosa
After a time, she heard a little pattering of feet
chuala sí na cosa ag teacht ón bhfad
she heard the feet coming from the distance
agus thriomaigh sí a súile go hastily chun a fháil amach cad a bhí ag teacht
and she hastily dried her eyes to see what was coming
Ba é an Coinín Bán a d'fhill
It was the White Rabbit returning
bhí sé gléasta go hálainn
he was splendidly dressed
bhí péire lámhainní bána aige i lámh amháin
he had a pair of white gloves in one hand
agus bhí lucht leanúna mór cleite aige sa láimh eile
and he had a large feather fan in the other hand
Tháinig sé trotting chomh maith i Hurry mór
He came trotting along in a great hurry
agus muttered sé leis féin, "Ó! an Bandiúc, an Bandiúc!
and he muttered to himself, "Oh! the Duchess, the Duchess!"
"Ó! ní bheidh sí savage má choinnigh mé í ag fanacht!
"Oh! won't she be savage if I've kept her waiting!"

Nuair a tháinig an coinín in aice léi, labhair Alice
When the Rabbit came near her, Alice spoke
ach labhair sí i nguth íseal, timid
but she spoke in a low, timid voice
"A dhuine uasail, cuir stop leis an méid atá á dhéanamh agat
ar feadh nóiméad amháin"
"sir, please stop what you're doing for one moment"
Bhain an coinín geit fhoréigneach as
The Rabbit startled violently
thit sé na lámhainní bána agus an lucht leanúna cleite
he dropped the white gloves and the feather fan
agus scurried sé ar shiúl isteach sa dorchadas chomh tapa
agus a d'fhéadfadh sé
and he scurried away into the darkness as fast as he could
Alice phioc suas an lucht leanúna cleite agus lámhainní
Alice picked up the feather fan and gloves
agus choinnigh sí fanning í féin nuair a choinnigh sí ag caint
and she kept fanning herself while she kept talking
"A chara, a stór! Cé chomh aisteach is atá gach rud inniu!

"Dear, dear! How strange everything is today!"

"inné chuaigh rudaí ar aghaidh díreach mar is gnách"

"yesterday things went on just as usual"

"An raibh mé mar an gcéanna nuair a d'éirigh mé ar maidin?"

"Was I the same when I got up this morning?"

"Ach mura bhfuil mé mar an gcéanna, tá ceist eile ann"

"But if I'm not the same, there is another question"

"Cé ar domhan atá mé?"

"Who in the world am I?"

"Ah, sin an bhfreagra mór!"

"Ah, that's the great puzzle!"

Mar a dúirt sí seo, d'fhéach sí síos ar a lámha

As she said this, she looked down at her hands

bhí sí ag caitheamh ceann de na coiníní lámhainní beaga bána

she was wearing one of the rabbits little white gloves

níor thug sí faoi deara gur chuir sí an lámhainn uirthi agus í ag caint

she hadn't noticed she put the glove on while talking

"Conas is féidir liom é sin a dhéanamh?" a cheap sí

"How can I have done that?" she thought

"Caithfidh mé a bheith ag fás beag arís"

"I must be growing small again"

D'éirigh sí agus chuaigh sí go dtí an tábla chun a airde a thomhas

She got up and went to the table to measure her height

fuair sí amach go raibh sí thart ar leathmhéadar ar airde anois

she found that she was now about half a meter tall

agus bhí sí fós ag crapadh go tapa

and she was still shrinking rapidly

Fuair sí amach go luath cad ba chúis leis an crapadh

She soon found out what the cause of the shrinking was

bhí an lucht leanúna cleite ag déanamh níos lú di arís!

the feather fan was making her smaller again!

agus thit sí an lucht leanúna cleite hastily

and she dropped the feather fan hastily
thit sí an lucht leanúna cleite díreach in am chun í féin a shábháil
she dropped the feather fan just in time to save herself
dá bhfanfadh sí í féin a thuilleadh bheadh sí tar éis dul ar shiúl go hiomlán
had she fanned herself any longer she would have shrunk away entirely
"Ba éalú caol é sin!" arsa Alice
"That was a narrow escape!" said Alice
agus bhí sí go maith scanraithe ag an athrú tobann
and she was a good deal frightened at the sudden change
ach bhí sí an-sásta í féin a fháil fós ann
but she was very glad to find herself still in existence
"Agus anois, amach go dtí an gairdín!"
"And now, off to the garden!"
Agus rith sí le gach luas ar ais go dtí an doras beag
And she ran with all speed back to the little door
ach, faraor! dúnadh an doras beag arís
but, alas! the little door was shut again
agus bhí an eochair bheag órga ina luí ar an mbord gloine arís
and the little golden key was lying on the glass table again
"Tá rudaí níos measa ná riamh," a cheap an leanbh bocht
"Things are worse than ever," thought the poor child
"Ní raibh mé riamh chomh beag leis seo roimhe seo, riamh!"
"I never was so small as this before, never!"
Mar a dúirt sí na focail seo, shleamhnaigh a cos
As she said these words, her foot slipped
agus i nóiméad eile bhí splancscáileán iontach ann!
and in another moment there was a great splash!
bhí sí suas go dtí a smig i sáile
she was up to her chin in salt-water
An chéad smaoineamh a bhí aici ná gur thit sí isteach san fharraige ar bhealach éigin
Her first idea was that she had somehow fallen into the sea
Mar sin féin, thuig sí go luath cad a bhí sí i

However, she soon realized what she was in
bhí sí i linn deora
she was in a pool of tears
na deora a bhí aici nuair a bhí sí dhá mhéadar ar airde
the tears she had wept when she was two meters tall

Díreach ansin chuala sí rud éigin
Just then she heard something
bhí rud éigin ag stealladh faoi sa linn snámha
something was splashing about in the pool
tháinig an splancscáileán ó bhealach beag amach
the splashing came from a little way off
agus shnámh sí níos gaire chun a fháil amach cad é an splancscáileán
and she swam nearer to see what the splashing was
ba ghearr go bhfaca sí nach raibh ann ach luchóg bheag
she soon saw that it was only a little mouse
bhí an luch bheag tar éis sleamhnú isteach san uisce freisin
the little mouse had slipped in to the water too
Alice shíl di féin mar gheall ar an staid
Alice thought to herself about the situation

"An mbeadh sé d'aon úsáid a labhairt leis an luch?"

"Would it be of any use to speak to this mouse?"

"Tá gach rud chomh suas-taobh-síos anseo"

"Everything is so up-side-down down here"

"Ba chóir dom smaoineamh an-dócha gur féidir leis an luch labhairt"

"I should think very likely this mouse can talk"

"ar aon chuma, níl aon dochar ag iarraidh"

"at any rate, there's no harm in trying"

Mar sin, thosaigh sí ag iarraidh labhairt leis an luch

So she began trying to talk to the mouse

"Ó Luch, an bhfuil a fhios agat an bealach amach as an linn snámha seo?"

"Oh Mouse, do you know the way out of this pool?"

"Tá mé an-tuirseach de bheith ag snámh thart anseo, Oh Mouse!"

"I am very tired of swimming about here, Oh Mouse!"

D'fhéach an luch uirthi sách fiosrach

The mouse looked at her rather inquisitively

an chuma ar an luch a wink le ceann de na súile beag

the mouse seemed to wink with one of its little eyes

ach ní dúirt an luchóg bheag faic

but the little mouse said nothing

"B'fhéidir nach dtuigeann an luch Béarla," shíl Alice

"Perhaps the mouse doesn't understand English," thought Alice

"Dare liom a rá gur luch Francach é"

"I dare say it's a French mouse"

"b'fhéidir gur tháinig an luch seo anall le William the Conqueror"

"perhaps this mouse came over with William the Conqueror"

Mar sin, thosaigh sí arís, i bhFraincis

So she began again, in French

"Cá bhfuil mo chat?" a d'fhiafraigh sí i bhFraincis

"Where is my cat?" she asked in French

ba í an chéad abairt ina leabhar ceachta Fraincise í

it was the first sentence in her French lesson-book

Thug an Luch léim tobann as an uisce
The Mouse gave a sudden leap out of the water
agus an chuma ar an luch a quiver ar fud le fright
and the mouse seemed to quiver all over with fright
"Ó, impigh mé do logh!" Adeir Alice hastily
"Oh, I beg your pardon!" cried Alice hastily
bhí eagla uirthi gur ghortaigh sí mothúcháin an ainmhí bhocht
she was afraid that she had hurt the poor animal's feelings
"Rinne mé dearmad go leor nár thaitin cait leat"
"I quite forgot you didn't like cats"
"Ní maith liom cait!" Adeir an Luch i shrill, guth paiseanta
"I don't like cats!" cried the Mouse in a shrill, passionate voice
"Ar mhaith leat cait, dá mba mise thú?"
"Would you like cats, if you were me?"
Alice comforted an luch i ton soothing
Alice comforted the mouse in a soothing tone
"Bhuel, b'fhéidir nach dtaitneodh cait liom dá mba mise tusa ach an oiread"
"Well, perhaps I would not like cats if I were you either"
"Ná bíodh fearg ort faoi lua cait"
"please don't be angry about the mention of cats"
"Agus fós is mian liom go raibh mé in ann a thaispeáint duit ár Dinah cat"
"And yet I wish I could show you our cat Dinah"
"dá gcasfá léi sílim go dtógfadh tú mhaisiúil ar chait"
"if you met her I think you'd take a fancy to cats"
"mura bhféadfá ach í a fheiceáil"
"if you could only see her"
"Tá sí den sórt sin a daor, rud ciúin"
"She is such a dear, quiet thing"
Bhí an luch ag croitheadh ar fud
The mouse was shaking all over
Alice bhraith áirithe ní mór an luch a chiontaítear i ndáiríre
Alice felt certain the mouse must be really offended
"Ní bheidh muid ag caint uirthi níos mó, más rud é gur mhaith leat in áit nach bhfuil"

"We won't talk about her any more, if you'd rather not"
"Táimid, go deimhin!" Adeir an Luch
"We, indeed!" cried the Mouse
bhí an luch ag crith síos go dtí deireadh a heireabaill
the mouse was trembling down to the end of its tail
"Amhail is dá mbeinn ag caint ar a leithéid d'ábhar!"
"As if I would talk on such a subject!"
"Bhí fuath ag ár muintir cait i gcónaí"
"Our family always hated cats"
"cait; rudaí olca, íseal, vulgar!
"cats; nasty, low, vulgar things!"
"Ná lig dom an t-ainm a chloisteáil arís!"
"Don't let me hear the name again!"
"Ní luafaidh mé cait arís go deimhin!" arsa Alice
"I won't mention cats again indeed!" said Alice
bhí deifir mhór uirthi an t-ábhar a athrú
she was in a great hurry to change the subject
"An bhfuil tú... an bhfuil tú ceanúil ar mhadraí?
"Are you... are you fond of dogs?"
"Tá madra beag deas in aice an tí s'againne,"
"There is such a nice little dog near our house,"
"Ba mhaith liom an madra beag a thaispeáint duit!"
"I should like to show you the little dog!"
"Maraíonn an madra beag seo na francaigh go léir agus...
"this little dog kills all the rats and...
"Ó, a stór!" Adeir Alice i ton sorrowful
"oh, dear!" cried Alice in a sorrowful tone
"Tá eagla orm gur chiontaigh mé arís thú!"
"I'm afraid I've offended you again!"
bhí an luch ag snámh uaithi chomh tapa agus a d'fhéadfadh sé dul
the mouse was swimming away from her as fast as it could go
agus rinne an luch go leor commotion sa linn snámha
and the mouse made quite a commotion in the pool
Mar sin, d'iarr sí go bog tar éis an luch
So she called softly after the mouse
"Mo luch daor, tar ar ais le do thoil!"

"my dear mouse, please come back!"
"agus ní bheidh muid ag caint faoi cait"
"and we won't talk about cats"
"agus ní gá dúinn labhairt faoi mhadraí ach an oiread"
"and we don't have to talk about dogs either"
Nuair a chuala an luch é seo, chas sé timpeall
When the mouse heard this, it turned around
agus shnámh an luchóg bheag go mall ar ais chuici
and the little mouse swam slowly back to her
bhí aghaidh na luiche pale go leor
the mouse's face was quite pale
agus labhair an luch, i nguth íseal, crith
and the mouse spoke, in a low, trembling voice
"Lig dúinn dul go dtí an cladach"
"Let us get to the shore"
"agus ansin inseoidh mé mo stair duit"
"and then I'll tell you my history"
"agus tuigfidh tú cén fáth gur fuath liom cait agus madraí"
"and you'll understand why it is I hate cats and dogs"
Bhí sé thar am dul
It had become high time to go
toisc go raibh an linn snámha ag éirí plódaithe go leor
because the pool was getting quite crowded
bhí éin agus ainmhithe eile tar éis titim isteach sa linn
other birds and animals had fallen into the pool
bhí Lacha agus Dodo ann
there were a Duck and a Dodo
agus bhí éan Lory agus Eaglet ann
and there was a Lory bird and an Eaglet
agus bhí roinnt créatúir suimiúla eile ag lorg
and there were several other interesting looking creatures
Alice i gceannas ar an mbealach amach an linn snámha
Alice led the way out the pool
agus an páirtí iomlán na n-ainmhithe swam go dtí an cladach
and the whole party of animals swam to the shore

Rás caucus agus eireaball fada
A caucus race and a long tail
Go deimhin bhí siad ina bunch greannmhar-lorg na n-ainmhithe
They were indeed a funny-looking bunch of animals
agus tháinig siad go léir le chéile ar bhruach an uisce
and they all assembled on the water's bank
bhí cleití bedraggled ag na héin go léir
the birds all had bedraggled feathers
agus do sádhadh na hainmhithe fionnaidh tré
and the furry animals were soaked through
agus bhí siad go léir ag sileadh fliuch, cráite agus míchompordach
and all were dripping wet, annoyed and uncomfortable

bhí ceist amháin a bhí le freagairt ar dtús
there was one question that had to be answered first
Cad é an bealach is fearr do gach duine a bheith tirim?
what is the best way for everyone to get dry?
Bhí comhairliúchán acu faoin ábhar seo

They had a consultation about this matter
níorbh fhada go raibh siad go léir ar théarmaí aithnidiúla
soon they were all on familiar terms
bhí sé amhail is dá mbeadh aithne aici orthu go léir a saol
it was as if she had known them all her life
ba chosúil go raibh an luch ina dhuine d'údarás éigin
the mouse seemed to be a person of some authority
"Suigh síos, sibh ar fad, agus éist liom!
"Sit down, all of you, and listen to me!
"Is gearr go mbeidh tú tirim ar fad arís!"
"I'll soon make you all dry again!"
Shuigh siad go léir síos ag an am céanna, i bhfáinne mór
They all sat down at once, in a large ring
agus shuigh an luch bheag i lár
and the little mouse sat in the middle
"Ahem!" A dúirt an luch le haer tábhachtach
"Ahem!" said the mouse with an important air
"An bhfuil sibh go léir réidh?"
"Are you all ready?"
"Is é seo an rud is tirime a fhios agam"
"This is the driest thing I know"
"Ciúnas timpeall, más é do thoil é!"
"Silence all around, if you please!"
"Bhí William an Conqueror i bhfabhar ag an pápa"
"William the Conqueror was favoured by the pope"
"ach ba ghearr gur chuir na Sasanaigh faoi bhráid é"
"but he was soon submitted to by the English"
"bhí siad ag iarraidh ceannairí déanacha"
"they wanted leaders of late"
"agus bhí siad i dtaithí ar chumhacht agus conquest"
"and they had been accustomed to power and conquest"
"Edwin agus Morcar, Iarlaí Mercia agus Northumbria"
"Edwin and Morcar, the Earls of Mercia and Northumbria"
"Ugh!" A dúirt an t-éan lori, le shiver
"Ugh!" said the lori bird, with a shiver
"agus fiú Stigand, ardeaspag tírghrách Canterbury"
"and even Stigand, the patriotic archbishop of Canterbury"

"fuair sé inmholta freisin"
"he also found it advisable"
"Cad a fuair sé inmholta?" arsa an lacha
"What did he find advisable?" said the duck
"Fuair sé inmholta é" d'fhreagair an luch in áit crossly
"He found it advisable" the mouse replied rather crossly
ach ní raibh an lacha sásta
but the duck was not satisfied
"Ar ndóigh, tá a fhios agat cad is brí le 'sé'"
"of course, you know what 'it' means"
"Tá a fhios agam cad é 'é' nuair a fhaighim rud," arsa an lacha
"I know what 'it' is when I find a thing," said the duck
"is frog nó péist é de ghnáth"
"it's generally a frog or a worm"
"Is í an cheist, cad a fuair an t-ardeaspag?"
"The question is, what did the archbishop find?"
Níor thug an luch an cheist seo faoi deara
The mouse did not notice this question
ina ionad sin, chuaigh an luch ar aghaidh go tapa leis an óráid
instead, the mouse hurriedly went on with the speech
"fuair sé inmholta dul le Edgar Atheling"
"he found it advisable to go with Edgar Atheling"
"chun bualadh le Liam agus an choróin a thairiscint dó"
"to meet William and offer him the crown"
lean an luch ar aghaidh, ag casadh ar Alice mar a labhair sé
the mouse continued, turning to Alice as it spoke
"Cén chaoi a bhfuil tú ag dul ar aghaidh anois, a stór?"
"How are you getting on now, my dear?"
"Chomh fliuch agus a bhí riamh," arsa Alice i ton lionn dubh
"As wet as ever," said Alice in a melancholy tone
"ní cosúil go dtriomóidh an scéal seo mé ar chor ar bith"
"this story doesn't seem to dry me at all"
"Sa chás sin," arsa an dodo go sollúnta, ag ardú go dtí a chosa
"In that case," said the dodo solemnly, rising to its feet
"Caithim vóta go gcuirfí an cruinniú ar athló"

"I vote that the meeting be adjourned"
"agus molaim go nglacfaí láithreach le leigheasanna níos fuinniúla"
"and I propose an immediate adoption of more energetic remedies"
"Labhair focail fíor!" A dúirt an eaglet
"Speak real words!" said the eaglet
"Níl a fhios agam an bhrí atá le leath de na focail fhada sin"
"I don't know the meaning of half of those long words"
"agus, cad atá níos mó, ní chreidim go bhfuil a fhios agat ach an oiread!"
"and, what's more, I don't believe you know either!"
"Cad a bhí mé ag dul a rá," a dúirt an dodo i ton offended
"What I was going to say," said the dodo in an offended tone
"bheadh an rud is fearr a fháil dúinn tirim a bheith ina caucus-cine"
"the best thing to get us dry would be a caucus-race"
"Cad is caucus-cine?" Arsa Alice
"What is a caucus-race?" said Alice

"Bhuel," arsa an dodo, "is é an bealach is fearr chun é a mhíniú ná é a dhéanamh"

"Well," said the dodo, "the best way to explain it is to do it"

"An chéad an dodo marcáilte amach rás-chúrsa"

"First the dodo marked out a race-course"

"bhí an rian i saghas ciorcal"

"the track was in a sort of circle"

"agus ansin cuireadh an chóisir ar fad ar an gcúrsa"

"and then all the party were placed along the course"

Ní raibh aon "One, two, three and away!"

There was no "One, two, three and away!"

ach thosaigh siad ag rith nuair a thaitin siad

but they began running when they liked

agus chríochnaigh siad freisin nuair a thaitin siad

and they also finished when they liked

mar sin ní raibh sé éasca a fhios nuair a bhí an rás thart

so it was not easy to know when the race was over

tar éis leathuair an chloig nó mar sin de rith bhí siad go léir tirim go leor

after half an hour or so of running they were all quite dry

ghlaoigh an dodo amach go tobann, "Tá an rás thart!"

the dodo suddenly called out, "The race is over!"

agus bhí siad go léir plódaithe timpeall an dodo

and they all crowded around the dodo

bhí na hainmhithe go léir ag panting agus ag puffing

all the animals were panting and puffing

agus theastaigh uathu go léir a fháil amach, "Ach cé a bhuaigh?"

and they all wanted to know, "But who has won?"

An cheist seo nach bhféadfadh an dodo a fhreagairt láithreach

This question the dodo could not immediately answer

Ar dtús b'éigean dó go leor smaointeoireachta a dhéanamh

first he had to do a great deal of thinking

tar éis mórán smaointeoireachta, labhair an dodo ar deireadh

after much thinking, the dodo finally spoke

"Bhuaigh gach duine, agus caithfidh duaiseanna a bheith ag

gach duine"
"Everybody has won, and all must have prizes"
**"Ach cé atá chun na duaiseanna a thabhairt?" a d'fhiafraigh
curfá guthanna**
"But who is to give the prizes?" asked a chorus of voices
"Bhuel, sí, ar ndóigh," arsa an dodo
"Well, she, of course," said the dodo
agus dhírigh an dodo le méar amháin ar Alice
and the dodo pointed with one finger to Alice
agus cóisir iomlán na n-ainmhithe plódaithe timpeall uirthi
and the whole party of animals crowded around her
**ghlaoigh siad amach, ar bhealach mearbhall, "Duaiseanna!
Duaiseanna!"**
they called out, in a confused way, "Prizes! Prizes!"
Alice raibh aon smaoineamh cad atá le déanamh
Alice had no idea what to do
in éadóchas chuir sí a lámh isteach ina póca
in despair she put her hand into her pocket
agus tharraing sí amach bosca milseán
and she pulled out a box of sweets
**ar ámharaí an tsaoil ní raibh an salann-uisce isteach sa
bhosca**
luckily the salt-water had not got into the box
agus thug sí na milseáin timpeall mar dhuaiseanna
and she handed the sweets around as prizes
Bhí píosa amháin ann do gach duine
There was exactly one piece for everyone
An chéad rud eile a bhí le déanamh acu ná na milseáin a ithe
The next thing they had to do was to eat the sweets
ba chúis leis seo roinnt torainn agus mearbhall
this caused some noise and confusion
**rinne na héin mhóra gearán nach bhféadfaidís a gcuid
milseán a bhlaiseadh**
the large birds complained that they could not taste their
sweets
tachtadh na cinn bheaga agus b'éigean iad a patted ar chúl
the small ones choked and had to be patted on the back

Mar sin féin, bhí sé thart ar deireadh
However, it was over at last
agus shuigh siad síos arís i bhfáinne
and they sat down again in a ring
agus d'impigh siad ar an luch rud éigin níos mó a insint dóibh
and they begged the mouse to tell them something more
"Gheall tú a insint dom do stair, tá a fhios agat," arsa Alice
"You promised to tell me your history, you know," said Alice
agus rinne sí ráiteas beag eile faoi chait i gcogar
and she made another little remark about cats in a whisper
ní raibh sí ag iarraidh an luch a chiontú arís
she didn't want to offend the mouse again
an luch beag iompú chun Alice agus sighed
the little mouse turned to Alice and sighed
"Is scéal fada brónach é mine!"
"Mine is a long and a sad tale!"
"Is eireaball fada é, cinnte," arsa Alice
"It is a long tail, certainly," said Alice
agus d'fhéach sí síos le hiontas ar eireaball na luiche
and she looked down with wonder at the mouse's tail
"Ach cén fáth a dtugann tú eireaball brónach air?"
"but why do you call it a sad tail?"
Agus choinnigh sí ar puzzling faoi nuair a bhí an luch ag labhairt
And she kept on puzzling about it while the mouse was speaking
ionas go raibh a smaoineamh ar an scéal rud éigin mar seo
so that her idea of the tale was something like this

"Fury said to
a mouse, That
he met in the
house, 'Let
us both go
to law: *I*
will prosecute
you.——
Come, I'll
take no denial:
We must have
the trial;
For really
this morning
I've
nothing
to do.'
Said the
mouse to
the cur,
'Such a
trial, dear
sir, With
no jury
or judge,
would
be wasting
our
breath.'
'I'll be
judge,
I'll be
jury,'
said
cunning
old
Fury;
'I'll
try
the
whole
cause,
and
condemn
you to
death.'"

Fury dúirt le luch, Go bhuail sé sa teach"
Fury said to a mouse, That he met in the house"
Lig dúinn araon dul go dtí an dlí: Déanfaidh mé tú a ionchúiseamh
Let us both go to law: I will prosecute you
Tar, ní ghlacfaidh mé aon séanadh: Ní mór dúinn an triail a bheith againn
Come, I'll take no denial: We must have the trial
I ndáiríre ar maidin níl aon rud le déanamh agam

For really this morning I've nothing to do
Dúirt an luch leis an leigheas;
Said the mouse to the cur;
Bheadh a leithéid de thriail, a dhuine uasail, Gan aon ghiúiré ná breitheamh, ag cur ár n-anáil amú
Such a trial, dear sir, With no jury or judge, would be wasting our breath
"Beidh mé breitheamh, beidh mé giúiré," a dúirt cunning d'aois Fury
"I'll be judge, I'll be jury," said cunning old Fury
Bainfidh mé triail as an gcúis ar fad, agus cáinfidh mé chun báis thú
I'll try the whole cause, and condemn you to death
labhair an luch go mór le Alice
the mouse spoke severely to Alice
"Níl tú ag tabhairt aird!"
"You are not paying attention!"
"Cad air a bhfuil tú ag smaoineamh?"
"What are you thinking of?"
"Impigh mé do logh," arsa Alice an-humbly
"I beg your pardon," said Alice very humbly
"bhí an cúigiú lúb agat, sílim?"
"you had got to the fifth bend, I think?"
"Maslaíonn tú mé ag caint nonsense den sórt sin!"
"You insult me by talking such nonsense!"
agus d'éirigh an luch agus shiúil sí ar shiúl
and the mouse got up and walked away
Alice ar a dtugtar tar éis an luch beag
Alice called after the little mouse
"Tar ar ais le do thoil agus críochnaigh do scéal!"
"Please come back and finish your story!"
Agus chuaigh na daoine eile go léir isteach i gcurfá
And the others all joined in chorus
"Sea, críochnaigh do scéal le do thoil!"
"Yes, please do finish your story!"
Ach níor chroith an luch ach a ceann go mífhoighneach
But the mouse only shook its head impatiently

agus shiúil an luch bheag beagán níos tapúla
and the little mouse walked a little quicker
"Is mian liom go raibh mé Dinah, ár cat, anseo!" A dúirt Alice
"I wish I had Dinah, our cat, here!" said Alice
Ba chúis leis sin braistint shuntasach i measc an pháirtí
This caused a remarkable sensation among the party
D'imigh cuid de na héin amach ag an am céanna
Some of the birds hurried off at once
agus do gairthí Canárach amach i nguth crith, dá chloinn;
and a Canary called out in a trembling voice, to its children;
"Tar amach, a stór!"
"Come away, my dears!"
"Tá sé thar am go raibh tú ar fad sa leaba!"
"It's high time you were all in bed!"
le leithscéalta éagsúla d'imigh siad ar fad
with various excuses they all went away
agus fágadh Alice ina haonar go luath
and Alice was soon left alone
"Is mian liom nár luaigh mé Dinah!"
"I wish I hadn't mentioned Dinah!"
"Is cosúil nach dtaitníonn aon duine léi síos anseo"
"Nobody seems to like her down here"
"ach tá mé cinnte gurb í an cat is fearr ar domhan í!"
"but I'm sure she's the best cat in the world!"
Thosaigh Alice bocht ag caoineadh arís
Poor Alice began to cry again
toisc gur mhothaigh sí an-uaigneach agus íseal-spioradúil
because she felt very lonely and low-spirited
I gceann tamaillín, áfach, chuala sí rud éigin arís
In a little while, however, she again heard something
pattering beag de footsteps i gcéin
a little pattering of footsteps in the distance
agus d'fhéach sí suas go fonnmhar
and she looked up eagerly

Seolann an coinín i beag Mr Bill
The rabbit sends in little Mr Bill

Ba é an coinín bán é, ag trotting go mall ar ais arís
It was the white rabbit,trotting slowly back again
bhí sé ag féachaint go himníoch agus é ag dul
he was looking about anxiously as he went
d'fhéach sé amhail is dá mbeadh chaill sé rud éigin
he looked as if he had lost something
Alice chuala sé muttering dó féin
Alice heard him muttering to himself
"An Bandiúc! An Bandiúc! Ó, mo lapaí daor!
"The Duchess! The Duchess! Oh, my dear paws!"
"Ó, mo chuid fionnaidh agus uisce beatha!"
"Oh, my fur and whiskers!"
"Cuirfidh sí chun báis mé, tá mé cinnte de sin"
"She'll get me executed, I'm sure of that"
"Díreach chomh cinnte agus is ferrets iad firéid!"
"just as sure as ferrets are ferrets!"
"Cén áit ar féidir liom mo chuid rudaí a thit, n'fheadar?"
"Where can I have dropped my things, I wonder?"
Alice guessed i láthair na huaire cad a bhí sé ag lorg

Alice guessed in a moment what he was looking for
bhí sé ag lorg an lucht leanúna cleite
he was looking for the feather fan
agus bhí sé ag lorg an péire lámhainní bána
and he was looking for the pair of white gloves
mar sin thosaigh sí an-mhaith-naturedly ag lorg na lámhainní
so she very good-naturedly began looking for the gloves
agus d'fhéach sí ar an lucht leanúna cleite freisin
and she looked for the feather fan too
ach ní raibh na lámhainní ná an lucht leanúna cleite le feiscint in áit ar bith
but the gloves and feather fan were nowhere to be seen
ba chosúil go raibh gach rud athraithe ó bhí sí ag snámh sa linn snámha
everything seemed to have changed since her swim in the pool
ní raibh aon rud mar an gcéanna ó bhí sí sa halla mór
nothing was the same since she had been in the great hall
agus bhí an bord gloine imithe
and the glass table had vanished
agus ní raibh an doras beag ann ach an oiread
and the little door wasn't there either
Go han-luath thug an coinín faoi deara Alice
Very soon the rabbit noticed Alice
d'iarr sé uirthi i ton feargach
he called to her in an angry tone
"Mary Ann, cad atá á dhéanamh agat anseo?"
"Mary Ann, what are you doing out here?"
"Rith abhaile an nóiméad seo"
"Run home this moment"
"Agus beir péire lámhainní agus lucht leanúna cleite orm!"
"and fetch me a pair of gloves and a feather fan!"
"Agus bí gasta faoi!"
"and be quick about it!"
Alice labhair léi féin mar a rith sí amach
Alice spoke to herself as she ran off
"Caithfidh sé gur dhearmad sé mé as a bhean tí!"

"He must have mistaken me for his housemaid!"
"Cén t-iontas a bheidh air nuair a fhaigheann sé amach cé mé féin!"
"How surprised he'll be when he finds out who I am!"
Mar a dúirt sí seo, tháinig sí ar theach beag néata
As she said this, she came upon a neat little house
ar dhoras an tí pláta práis geal
on the door of the house was a bright brass plate
"W. COINÍN"
"W. RABBIT"
Chuaigh sí isteach gan cnagadh ar an doras
She went in without knocking on the door
agus hurried sí díreach thuas staighre
and she hurried straight upstairs
bhí imní uirthi go mbuailfeadh sí leis an bhfíor-Mary Ann
she worried that she might meet the real Mary Ann
mar gheall air sin bheadh sí iompaithe amach as an teach
because then she would be turned out of the house
agus ní bheadh sí in ann teacht ar an lucht leanúna cleite agus lámhainní
and she wouldn't be able to find the feather fan and gloves
Alice fuair sí a bealach isteach i seomra beag slachtmhar
Alice had found her way into a tidy little room
sa seomra bhí bord ag an bhfuinneog
in the room was a table by the window
agus ar an mbord bhí lucht leanúna cleite
and on the table was a feather fan
agus bhí dhá nó trí phéire lámhainní bána bídeacha ann
and there were two or three pairs of tiny white gloves
phioc sí suas an lucht leanúna cleite agus péire de na lámhainní
she picked up the feather fan and a pair of the gloves
agus bhí sí díreach ar tí an seomra a fhágáil
and she was just about to leave the room
ach ansin thit a súile ar bhuidéal beag
but then her eyes fell upon a little bottle
Uncorked sí an buidéal agus é a chur ar a liopaí

She uncorked the bottle and put it to her lips
"Tá súil agam go bhfásfaidh sé go mór arís"
"I do hope it'll make me grow large again"
"Tá mé tuirseach de bheith chomh beag bídeach sin!"
"I'm tired of being such a tiny little thing!"
Alice bhí ólta ar éigean leath an buidéal
Alice had hardly drunk half the bottle
bhí a ceann ag brú in aghaidh na síleála cheana féin
her head was already pressing against the ceiling
agus b'éigean di cromadh síos
and she had to stoop down
chun a muineál a shábháil ó bheith briste
to save her neck from being broken
Chuir sí síos an buidéal go hastily
She hastily put down the bottle
"Is leor sin"
"That's quite enough"
"Tá súil agam nach bhfásfaidh mé níos mó"
"I hope I don't grow anymore"
Faraor! Bhí sé ródhéanach é sin a ghuí!
Alas! It was too late to wish that!
Chuaigh sí ar aghaidh ag fás agus ag fás
She went on growing and growing
agus go han-luath b'éigean di dul ar a glúine síos ar an urlár
and very soon she had to kneel down on the floor
agus fiú ansin chuaigh sí ar aghaidh ag fás
and even then she went on growing
mar acmhainn dheireanach chuir sí lámh amháin amach as an bhfuinneog
as a last resource she put one arm out of the window
agus chuir sí cos amháin suas an simléar
and she put one foot up the chimney
"Anois ní féidir liom níos mó a dhéanamh, is cuma cad a tharlaíonn"
"Now I can do no more, whatever happens"
"Cad a thiocfaidh díom?"
"What will become of me?"

Alice bhí láthair de luck
Alice had a spot of luck
bhí lánéifeacht ag an mbuidéal beag draíochta
the little magic bottle had had its full effect
agus d'fhás Alice níos mó ná mar a bhí sí
and Alice grew no larger than she was
Tar éis cúpla nóiméad chuala sí guth taobh amuigh
After a few minutes she heard a voice outside
agus stop sí ag éisteacht leis an nglór
and she stopped to listen to the voice
"Máire Ann! Mary Ann!" arsa an guth
"Mary Ann! Mary Ann!" said the voice
"Beir mo lámhainní orm an nóiméad seo!"
"Fetch me my gloves this moment!"
Ansin tháinig pattering beag de chosa ar an staighre
Then came a little pattering of feet on the stairs
Alice fhios go raibh sé an coinín ag teacht a chuardach le haghaidh a cuid
Alice knew it was the rabbit coming to look for her
agus tháinig crith uirthi go dtí gur chroith sí an teach
and she trembled till she shook the house

rinne sí dearmad go leor ar na comhréireanna a bhí aici
she quite forgot what her proportions were
bhí sí míle uair chomh mór leis an gcoinín
she was a thousand times as large as the rabbit
agus ní raibh aon chúis aici eagla a bheith uirthi roimh choinín
and she had no reason to be afraid of a rabbit
Faoi láthair tháinig an coinín suas go dtí an doras
Presently the rabbit came up to the door
agus rinne an coinín beag iarracht an doras a oscailt
and the little rabbit tried to open the door
thosaigh an doras ag oscailt isteach
the door started to open inwards
ach bhí brúite Elbow Alice crua i gcoinne an doras
but Alice's elbow was pressed hard against the door
gur theip ar an iarracht sin
that attempt proved a failure
Alice chuala an coinín labhairt leis féin
Alice heard the rabbit speak to himself
"Ansin rachaidh mé timpeall agus rachaidh mé isteach tríd an bhfuinneog"
"Then I'll go around and get in through the window"
"Nach mbeidh tú!" Shíl Alice
"That you won't!" thought Alice
agus d'fhan sí beagáinín arís
and she waited a little again
níorbh fhada gur chuala sí an coinín díreach faoin bhfuinneog
soon she heard the rabbit just under the window
scaip sí a lámh go tobann
she suddenly spread out her hand
agus rinne sí snatch san aer
and she made a snatch in the air
Ní bhfuair sí greim ar rud ar bith
She did not get hold of anything
ach chuala sí shriek beag agus titim
but she heard a little shriek and a fall

agus chuala sí tuairteáil de ghloine bhriste
and she heard a crash of broken glass
b'fhéidir gur thit an coinín
perhaps the rabbit had fallen
b'fhéidir go raibh sé i dteach glas
maybe he was in a green-house
Ansin tháinig guth feargach; Guth an Choinín
Next came an angry voice; the rabbit's voice
"A Phádraig, cá bhfuil tú?"
"Pat, where are you?"
Agus ansin tháinig guth nár chuala sí riamh cheana
And then came a voice she had never heard before
"d'onóir, tá mé anseo!"
"your honour, I'm here!"
"Tá mé ag tochailt le haghaidh úlla"
"I'm digging for apples"
"Anseo! Tar agus cabhraigh liom as seo!
"Here! Come and help me out of this!"
"Anois inis dom, a Pat, cad é sin san fhuinneog?"
"Now tell me, Pat, what's that in the window?"
"Cinnte, d'onóir, inseoidh mé duit"
"Sure, your honour, I will tell you"
"Is lámh í atá san fhuinneog!"
"it's an arm that's in the window!"
"Bhuel, níl aon ghnó ag lámh ann"
"Well, an arm has no business there"
"Téigh agus tóg an lámh ar shiúl!"
"go and take the arm away!"
Bhí tost fada ina dhiaidh sin
There was a long silence after this
agus d'fhéadfadh Alice a chloisteáil ach whispers anois agus ansin
and Alice could only hear whispers now and then
agus ar deireadh scaip sí a lámh amach arís
and at last she spread out her hand again
agus rinne sí snatch eile san aer
and she made another snatch in the air

An uair seo bhí dhá shrieks beag

This time there were two little shrieks

agus bhí níos mó fuaimeanna de ghloine briste

and there was more sounds of broken glass

"N'fheadar cad a dhéanfaidh siad seo chugainn!" Shíl Alice

"I wonder what they'll do next!" thought Alice

"Ba mhaith liom go dtarraingeoidís amach an fhuinneog mé"

"I wish they would pull me out the window"

D'fhan sí tamall

She waited for some time

ach ar feadh tamaill níor chuala sí tada níos mó

but for a while she didn't hear anything more

Ar deireadh tháinig rumbling de rothaí beag

At last came a rumbling of little wheels

agus tháinig fuaim na nglórtha maithe ann

and there came the sound of a good many voices

bhí na guthanna go léir ag caint le chéile

all the voices were talking together

D'fhéadfadh sí cuid de na focail a dhéanamh amach

She could make out some of the words

"Cá bhfuil an dréimire eile?"

"Where's the other ladder?"

"Fuair Bill an dréimire eile"

"Bill's got the other ladder"

"Bille, tar anseo!"

"Bill, come here!"

"An iompróidh an díon an t-ualach?"

"Will the roof bear the load?"

"Cé atá ag iarraidh dul síos an simléar?"

"Who wants to go down the chimney?"

"Nay, ní bheidh mé! Déanann tú é!

"Nay, I shall not! You do it!"

"Anseo, a Bhille!"

"Here, Bill!"

"Deir an máistir go gcaithfidh tú dul síos an simléar!"

"The master says you've got to go down the chimney!"

Alice tharraing a chos chomh fada síos an simléar mar a

d'fhéadfadh sí
Alice drew her foot as far down the chimney as she could
agus ansin d'fhan sí go bhfeicfeadh sí cad a bhí ag teacht
and then she waited to see what was coming
chuala sí ainmhí beag ag scríobadh is ag screadach
she heard a little animal scratching and scrambling
caithfidh an t-ainmhí beag a bheith sa simléar
the little animal must be in the chimney
ansin thug sí cic géar amháin
then she gave one sharp kick
agus d'fhan sí go bhfeicfeadh sí céard a tharlódh ina dhiaidh sin
and she waited to see what would happen next
chuala sí curfá ginearálta guthanna
she heard a general chorus of voices
"Tá Bille ann!" a dúirt siad go léir
"There goes Bill!" they all said
Ansin chuala sí guth an choinín ina haonar
then she heard the rabbit's voice alone
"Tá tú ag an bhfál, breith air!"
"You by the hedge, catch him!"
bhí nóiméad ciúnais eile ann
there was another moment of silence
agus ansin bhí mearbhall eile guthanna
and then there was another confusion of voices
"Coinnigh suas a cheann, Brandy"
"Hold up his head, Brandy"
"bí cúramach gan é a thachtadh"
"be careful not to choke him"
"Cad a tharla duit?"
"What happened to you?"
Last tháinig beagán feeble, guth squeaking
Last came a little feeble, squeaking voice
"Bhuel, is ar éigean nach bhfuil a fhios agam níos mó"
"Well, I hardly know no more"
"go raibh maith agat go léir, tá mé níos fearr anois"
"thank you all, I'm better now"

"tá rud amháin ar féidir liom cuimhneamh air"
"there is one thing I can remember"
"tagann rud éigin orm mar a bheadh traein i dtollán"
"something comes at me like a train in a tunnel"
"agus suas eitilt mé cosúil le spéir-roicéad!"
"and up I fly like a sky-rocket!"
bhí nóiméad nó dhó ciúnais ann
there was a minute or two of silence
agus ansin thosaigh siad ag bogadh thart arís
and then they began moving about again
agus Alice chuala an coinín labhairt arís
and Alice heard the Rabbit speak again
"Déanfaidh barrowful, chun tús a chur leis"
"A barrowful will do, to begin with"
"A barrowful de cad?" Shíl Alice
"A barrowful of what?" thought Alice
Ach níor coinníodh ar fionraí í ar feadh i bhfad
But she was not kept in suspense for long
tháinig cith de phúróga beaga tríd an bhfuinneog
a shower of little pebbles came through the window
agus bhuail cuid de na púróga beaga í san aghaidh
and some of the little pebbles hit her in the face
Alice bhí ionadh mar gheall ar an púróga beag
Alice was surprised about the little pebbles
bhí na púróga beaga go léir ag iompú ina gcístí
all the little pebbles were turning into cakes
agus tháinig smaoineamh geal isteach ina ceann
and a bright idea came into her head
"Ba chóir dom ceann de na cístí seo a ithe"
"I should eat one of these cakes"
"Tá císte cinnte a dhéanamh ar roinnt athrú i mo mhéid"
"cake is sure to make some change in my size"
Mar sin, shlog sí ceann de na cístí
So she swallowed one of the cakes
agus bhí áthas uirthi a fháil amach gur thosaigh sí ag
crapadh
and she was delighted to find that she began shrinking

níorbh fhada go raibh sí beag go leor le dul tríd an doras
soon she was small enough to get through the door
rith sí amach as an teach
she ran out of the house
bhí slua ainmhithe agus éan beag ag fanacht taobh amuigh
a crowd of little animals and birds were waiting outside
na héin agus na hainmhithe beag rushed ag Alice
all the little birds and animals rushed at Alice
ach rith sí amach chomh tapa agus a d'fhéadfadh sí
but she ran off as fast as she could
agus níorbh fhada go bhfuair sí í féin slán i gcoill thiubh
and soon she found herself safe in a thick wood
Alice wandered faoi sa choill
Alice wandered about in the woods
agus shíl sí léi féin:
and she thought to herself:
"Tá a fhios agam cad a chaithfidh mé a dhéanamh ar dtús"
"I know what I have to do first"
"ar dtús caithfidh mé fás go dtí mo mhéid ceart arís"
"first I have to grow to my right size again"
**"agus ansin caithfidh mé mo bhealach a dhéanamh isteach
sa ghairdín álainn sin"**
"and then I have to find my way into that lovely garden"
"Is dócha gur chóir dom rud éigin nó eile a ithe nó a ól"
"I suppose I ought to eat or drink something or other"
"ach is í an cheist ná cad ba cheart dom a ithe nó a ól?"
"but the question is what should I eat or drink?"
Alice d'fhéach sé go léir timpeall uirthi ag na bláthanna
Alice looked all around her at the flowers
agus d'fhéach sí trí lanna féir
and she looked through the blades of grass
ach ní raibh sí in ann aon rud a fheiceáil le hithe ná le hól
but she could not see anything to eat or drink
**rud ar bith a d'fhéach sé cosúil leis an rud ceart le hithe nó le
hól**
nothing looked like the right thing to eat or drink
Bhí beacán mór ag fás in aice léi

There was a large mushroom growing near her
bhí an muisiriún thart ar an airde chéanna le Alice
the mushroom was about the same height as Alice
Shín sí í féin suas ar tiptoes
She stretched herself up on tiptoes
agus peeped sí thar imeall an muisiriún
and she peeped over the edge of the mushroom
bhuail a súile láithreach súile bolb mór gorm
her eyes immediately met the eyes of a large blue caterpillar
bhí an bolb ina shuí ar bharr an mhuisiriún
the caterpillar was sitting on the top of the mushroom
agus do thrasnaigh an bolb a airm go léir
and the caterpillar had crossed all his arms
agus bhí sé ag caitheamh go ciúin hookah fada
and he was quietly smoking a long hookah
agus níor thug sé an fógra ba lú faoi rud ar bith
and he took not the smallest notice of anything
agus is cinnte nár thug sé aird ar Alice
and he certainly didn't pay attention to Alice

Comhairle ó bolb
Advice from a caterpillar

Ar deireadh thóg an bolb an hookah as a bhéal
At last the caterpillar took the hookah out of its mouth
agus thug sé aghaidh ar Alice i nguth languid, sleepy
and he addressed Alice in a languid, sleepy voice
"Cé tusa?" arsa an bolb
"Who are you?" said the caterpillar

Alice fhreagair, in áit cúthail, "Tá a fhios agam ar éigean, a dhuine uasail"
Alice replied, rather shyly, "I hardly know, sir"
"Díreach i láthair na huaire tá sé ar fad beagán..."
"just at the moment it's all a bit..."
"Tá a fhios agam cé a bhí mé nuair a d'éirigh mé ar maidin""
"I know who I was when I got up this morning""
"ach sílim go gcaithfidh mé a bheith athraithe arís agus arís eile ó shin"
"but I think I must have changed several times since then"
"Cad atá i gceist agat leis sin?" arsa an bolb
"What do you mean by that?" said the caterpillar

sternly d'iarr an bolb uirthi í féin a mhíniú
sternly the caterpillar asked her to explain herself
"Ní féidir liom mé féin a mhíniú, tá eagla orm, a dhuine
uasail," arsa Alice
"I can't explain myself, I'm afraid, sir," said Alice
"toisc nach mé féin mé"
"because I'm not myself"
"Feiceann tú, tá sé an-mearbhall a bheith ar an oiread sin
méideanna éagsúla in aghaidh an lae"
"you see, being so many different sizes in a day is very
confusing"
Tharraing sí í féin suas agus dúirt sí go han-tromchúiseach:
She pulled herself up and said very gravely:
"Sílim gur chóir duit a insint dom cé tú féin, ar dtús"
"I think you ought to tell me who you are, first"
"Cén fáth?" arsa an bolb
"Why?" said the caterpillar
Ní fhéadfadh Alice smaoineamh ar aon chúis mhaith
Alice could not think of any good reason
agus ba chosúil go raibh an bolb i riocht intinne an-
mhíthaitneamhach
and the caterpillar seemed to be in a very unpleasant state of
mind
mar sin d'iompaigh sí ar shiúl
so she turned away
"Tar ar ais!" a d'iarr an bolb ina diaidh
"Come back!" the caterpillar called after her
"Tá rud éigin tábhachtach le rá agam!"
"I've something important to say!"
Alice iompú agus tháinig sé ar ais arís
Alice turned and came back again
"Coinnigh do temper," a dúirt an bolb
"Keep your temper," said the caterpillar
"An é sin go léir?" arsa Alice
"Is that all?" said Alice
agus shlog sí a fearg chomh maith agus a d'fhéadfadh sí
and she swallowed her anger as well as she could

"Níl," arsa an bolb
"No," said the caterpillar
an bolb a airm a nochtadh
the caterpillar unfolded its arms
agus thóg sé an hookah as a bhéal arís
and he took the hookah out of his mouth again
agus dúirt sé, "Mar sin, is dóigh leat go bhfuil tú ag athrú, an bhfuil tú?"
and he said, "So you think you're changed, do you?"
"Tá eagla orm, tá mé ag athrú, a dhuine uasail," arsa Alice
"I'm afraid, I am changed, sir," said Alice
"Ní féidir liom cuimhneamh ar rudaí mar a bhíodh mé ag cuimhneamh orthu"
"I can't remember things as I used to remember them"
"Agus ní fhanaim ar an méid céanna ar feadh níos mó ná deich nóiméad!"
"and I don't stay the same size for more than ten minutes!"
"Cén méid is mian leat a bheith?" D'iarr an bolb
"What size do you want to be?" asked the caterpillar
"Ó, ní miste liom go háirithe cén méid atá mé," a d'fhreagair Alice hastily
"Oh, I don't particularly mind what size I am," Alice hastily replied
"Ní maith liom méid a athrú chomh minic sin, tá a fhios agat"
"I just don't like changing size so often, you know"
"Ba mhaith liom a bheith beagán níos mó, a dhuine uasail"
"I would like to be a little larger, sir"
"más rud é nach mbeadh tú aigne," arsa Alice
"if you wouldn't mind," added Alice
"Tá deich gceintiméadar den sórt sin airde wretched a bheith"
"Ten centimetres is such a wretched height to be"
"Is airde an-mhaith é go deimhin!" arsa an bolb go feargach
"It is a very good height indeed!" said the caterpillar angrily
agus thóg sé é féin ina sheasamh mar a labhair sé
and he reared itself upright as he spoke

bhí sé díreach deich gceintiméadar ar airde
he was exactly ten centimetres high
I nóiméad nó dhó, d'éirigh an bolb as an muisiriún
In a minute or two, the caterpillar got down off the mushroom
agus crawled sé ar shiúl isteach ar an féar
and he crawled away into the grass
he went away, rinne sé roinnt ráiteas beag
as he went away, he made some little remarks
"Déanfaidh taobh amháin tú ag fás níos airde"
"One side will make you grow taller"
"agus beidh an taobh eile a dhéanamh tú ag fás níos giorra"
"and the other side will make you grow shorter"
"Taobh amháin de cad?" Shíl Alice di féin
"One side of what?" thought Alice to herself
"An taobh eile de cad é?"
"The other side of what?"
"An taobh an muisiriún," a dúirt an bolb
"the side of the mushroom," said the caterpillar
bhí sé amhail is gur chuir sí a ceist os ard
it was as if she had asked her question aloud
agus i nóiméad eile, bhí sé as radharc
and in another moment, he was out of sight
Alice fhan ag féachaint thoughtfully ar an muisiriún
Alice remained looking thoughtfully at the mushroom
bhí sí ag iarraidh a dhéanamh amach cé acu an dá thaobh
den mhuisiriún
she was trying to make out which were the two sides of the
mushroom
Faoi dheireadh shín sí a cuid arm timpeall an mhuisiriún
At last she stretched her arms around the mushroom
agus bhris sí amach beagán de na himill
and she broke off a bit of the edges
"Agus anois, cén taobh atá?" a dúirt sí léi féin
"And now, which side is which?" she said to herself
agus nibbled sí beagán de na láimhe deise giotán
and she nibbled a little of the right-hand bit
An chéad nóiméad eile mhothaigh sí buille foréigneach

faoina smig
The next moment she felt a violent blow underneath her chin
gur bhuail a smig a cos!
her chin had struck her foot!
Bhí sí go maith scanraithe ag an athrú an-tobann seo
She was a good deal frightened by this very sudden change
bhí sí ag crapadh go han-tapa
she was shrinking very rapidly
mar sin d'ith sí go tapa cuid de na giota eile muisiriún
so she quickly ate some of the other bit of mushroom
Bhí a smig brúite go dlúth i gcoinne a coise
Her chin was pressed very closely against her foot
is ar éigean go raibh deis ann a béal a oscailt
there was hardly room to open her mouth
ach d'éirigh léi ar deireadh a béal a oscailt
but she did at last manage to open her mouth
agus shlog sí morsel den ghiotán láimhe clé
and she swallowed a morsel of the left-hand bit
"Tá mo cheann curtha freed ar deireadh!" Arsa Alice
"my head's been freed at last!" said Alice
d'fhéach sí síos uirthi féin
she looked down at herself
ach bhí fad ollmhór muiníl le feiceáil aici
but all she could see was an immense length of neck
ba chosúil go n-ardódh a muineál mar a bheadh gas ann
her neck seemed to rise like a stalk
agus d'fhéach sí síos thar farraige de dhuilleoga glasa
and she looked down over a sea of green leaves
"Cá ndeachaigh mo ghuaillí?"
"Where have my shoulders gotten to?"
"Agus ó, mo lámha bochta, conas nach féidir liom tú a fheiceáil?"
"And oh, my poor hands, how is it I can't see you?"
ach bhí buntáiste amháin ag a muineál
but her neck did have one benefit
d'fhéadfadh sí a ceann a bhogadh i dtreo ar bith
she could move her head in any direction

go deimhin, bhí sí díreach cosúil le nathair
in fact, she was just like a serpent
zigzagged sí gracefully a ceann síos
she gracefully zigzagged her head down
agus bhog sí a ceann trí na crainn
and she moved her head through the trees
ach ansin chuala sí hiss géar
but then she heard a sharp hiss
agus tharraing sí a ceann ar ais go tapa
and she quickly pulled her head back
bhí colm mór ar foluain ina héadan
a large pigeon had flown into her face
agus bhí an colm go foréigneach lena sciatháin
and the pigeon was violently with its wings

"Nathair!" Adeir an colm
"Serpent!" cried the pigeon
"Níl mé nathair!" Arsa Alice indignantly
"I'm not a serpent!" said Alice indignantly
"Fág i m'aonar mé!"
"Leave me alone!"
"Bhain mé triail as fréamhacha na gcrann"
"I've tried the roots of trees"
"agus bhain mé triail as fálta," a dúirt an colm
"and I've tried hedges," the pigeon went on
"Ach na serpents! Níl aon phléadáil orthu!
"but those serpents! There's no pleasing them!"
Alice bhí níos mó agus níos mó puzzled
Alice was more and more puzzled
"Amhail is nach raibh sé trioblóide go leor hatching na
huibheacha," a dúirt an colm
"As if it wasn't trouble enough hatching the eggs," said the
pigeon
"san oíche agus sa lá caithfidh mé a bheith ag faire amach do
nathair freisin!"
"by night and day I must look out for serpents too!"
"Bhí mé díreach tar éis an crann is airde san fhoraois a fháil"
"I had just found the highest tree in the forest"
"surely ba mhaith liom a bheith saor ó serpents anseo?"
"surely I'd be free from serpents here?"
"Agus tagann nathair ón spéir amach!"
"and out comes a serpent from the sky!"
"Ach nach bhfuil mé nathair, deirim leat!" Arsa Alice
"But I'm not a serpent, I tell you!" said Alice
"Is mise... Tá mé ... Is cailín beag mé," a dúirt sí in áit
amhrasach
"I'm a... I'm a... I'm a little girl," she added rather doubtfully
bhí sí tar éis dul trí go leor athruithe
she had after all been going through a lot of changes
"Tá tú ag lorg uibheacha," arsa an colm
"You're looking for eggs," said the pigeon
"Tá a fhios agam é sin ar feadh fíric"

"I know that for a fact"

"Agus cad a dhéanann sé ábhar má tá tú cailín beag nó nathair?"

"and what does it matter if you're a little girl or a serpent?"

"Nithe sé le déileáil go maith dom," a dúirt Alice hastily

"It matters a good deal to me," said Alice hastily

"ach níl mé ag lorg uibheacha, mar a tharlaíonn sé"

"but I'm not looking for eggs, as it happens"

"agus ní bheinn ag iarraidh d'uibheacha ar aon nós"

"and I wouldn't want your eggs anyway"

"Ní maith liom mo chuid uibheacha amh"

"I don't like my eggs raw"

"Bhuel, bí as ansin!" arsa an colm i ton sulky

"Well, be off then!" said the pigeon in a sulky tone

agus shocraigh an colm síos arís ina nead

and the pigeon settled down again into its nest

Alice crouched síos i measc na crainn chomh maith le d'fhéadfadh sí

Alice crouched down among the trees as well as she could

choinnigh a muineál ag dul i bhfostú i measc na mbrainsí

her neck kept getting entangled among the branches

gach anois agus ansin bhí sí a stopadh agus untwist a muineál

every now and then she had to stop and untwist her neck

Tar éis tamaill chuimhnigh sí ar an muisiriún

After awhile she remembered the mushroom

choinnigh sí na píosaí muisiriún ina lámha fós

she still held the pieces of mushroom in her hands

agus thosaigh sí ag obair go han-chúramach

and she set to work very carefully

ar dtús nibbled sí ag píosa amháin

first she nibbled at one piece

agus ansin nibbled sí ag an píosa eile

and then she nibbled at the other piece

uaireanta d'fhás sí níos airde

sometimes she grew taller

agus uaireanta d'fhás sí níos giorra

and sometimes she grew shorter
ach ar deireadh bhain sí amach a gnáthairde
but finally she achieved her usual height
ní raibh sí ina hairde féin le tamall
she hadn't been her own height for some time
mar sin mhothaigh gach rud aisteach ar feadh tamaill
so everything felt strange for a while
"An chéad rud eile atá le déanamh ná dul isteach sa ghairdín álainn sin"
"The next thing to do is to get into that beautiful garden"
"cén chaoi a bhfuil sé sin le déanamh, n'fheadar?"
"how is that to be done, I wonder?"
Mar a dúirt sí seo, tháinig sí ar áit oscailte
As she said this, she came upon an open place
bhí teach beag ann, beagán níos airde ná méadar
there was a little house, a bit higher than a metre
"N'fheadar cé atá ina chónaí sa teach beag seo"
"I wonder who lives in this little house"
"Is cinnte nach féidir liom dul isteach chomh mór agus atá mé"
"I certainly can't go in as big as I am"
"Chuirfinn eagla uafásach orthu!"
"I would frighten them terribly!"
mar sin nibbled sí ag an muisiriún beag arís
so she nibbled at the little mushroom again
agus níorbh fhada gur thug sí í féin síos tríocha ceintiméadar
and soon she brought herself down thirty centimetres

Muc agus piobar éigin

A pig and some pepper

Ar feadh nóiméid nó dhó sheas sí ag féachaint ar an teach

For a minute or two she stood looking at the house

go tobann tháinig fear coise ag rith amach as an gcoill

suddenly a footman came running out of the woods

bhí éide speisialta buannachta á caitheamh aige

he was wearing a special livery uniform

He was judging by his face, ní thabharfadh sí iasc air

judging by his face only, she would have called him a fish

agus rapped sé os ard ag an doras lena knuckles

and he rapped loudly at the door with his knuckles

d'oscail fear coise eile an doras

the door was opened by another footman

bhí buannacht speisialta á chaitheamh ag an bhfear coise seo freisin

this footman too was wearing a special livery

bhí aghaidh chruinn ar an bhfear coise seo agus súile móra cosúil le frog

this footman had a round face and large eyes like a frog

**Chuir an fear coise a raibh cuma éisc air tús leis an
searmanas**
The footman that looked like a fish initiated the ceremony
tharraing sé amach rud éigin as faoina lámh
he pulled out something from under his arm
agus tharraing sé amach as faoina lámh clúdach litreach
and he pulled out from under his arm an envelope
agus an clúdach seo a thug sé ar láimh don fhear coise eile
and this envelope he handed over to the other footman
i ton searmanais d'inis sé dó na horduithe
in a ceremonious tone he told him the orders
"Tá an teachtaireacht seo don Bandiúc"
"This message is for the Duchess"
"Cuireadh ón mbanríon croquet a imirt"
"An invitation from the queen to play croquet"
**An footman a d'fhéach sé cosúil le frog arís agus arís eile an
t-ordú**
The footman that looked like a frog repeated the order
"Ón mBanríon"
"from the queen"
"cuireadh"
"an invitation"
"don Bandiúc"
"for the Duchess"
"ag imirt croquet"
"playing croquet"
Ansin chrom siad araon íseal
Then they both bowed low
agus do éirigh na cuacha i n-a wigibh i bhfostú le chéile
and the curls in their wigs got entangled together
**níorbh fhada go raibh an fear coise a raibh cuma an éisc air
imithe**
soon the footman that looked like a fish was gone
ach bhí an fear coise a raibh cuma frog air fós ann
but the footman that looked like a frog was still there
bhí sé ina shuí ar an talamh in aice an dorais
he was sitting on the ground near the door

bhí sé ag stánadh go dúr suas sa spéir
he was staring stupidly up into the sky
Alice chuaigh timidly suas go dtí an doras agus knocked
Alice went timidly up to the door and knocked
"Níl aon úsáid i knocking," a dúirt an footman
"There's no use in knocking," said the footman
"agus is é sin ar dhá chúis"
"and that is for two reasons"
"Ar dtús, toisc go bhfuil mé ar an taobh céanna den doras agus atá tú"
"First, because I'm on the same side of the door as you are"
"ar an dara dul síos, toisc go bhfuil siad ag déanamh an oiread sin torainn taobh istigh"
"secondly, because they're making so much noise inside"
"ní fhéadfadh aon duine tú a chloisteáil, b'fhéidir"
"no one could possibly hear you"
Agus is cinnte go raibh torann an-neamhghnách ar siúl laistigh de
And there certainly was a most extraordinary noise going on within
howling leanúnach agus sraothartach
a constant howling and sneezing
agus gach anois agus ansin fuaim de crashing mór
and every now and then a sound of great crashing
amhail is dá mbeadh mias nó citeal briste ina phíosaí
as if a dish or kettle had been broken to pieces
"Cén chaoi a bhfuil mé a fháil i?" D'iarr Alice
"How am I to get in?" asked Alice
"Ar cheart duit dul isteach ar chor ar bith?" arsa an fear coise
"Should you get in at all?" said the footman
"Sin an chéad cheist, tá a fhios agat"
"That's the first question, you know"
Alice oscail an doras agus chuaigh sé i
Alice opened the door and went in
An doras stiúir ceart isteach i cistin mhór
The door led right into a large kitchen
bhí an chistin lán deataigh ó thaobh amháin go ceann eile

the kitchen was full of smoke from one end to the other
i lár na cistine a bhí an Bandiúc
in the middle of the kitchen was the Duchess
bhí sí ina suí ar stól trí-legged
she was sitting on a three-legged stool
agus bhí sí ag altranas leanbh
and she was nursing a baby
bhí an cócaire ag claonadh os cionn na tine
the cook was leaning over the fire
bhí sé ag corraí caldrón mór
he was stirring a large caldron
agus ba chosúil go raibh an caldron lán le anraith
and the caldron seemed to be full of soup
"Is cinnte go bhfuil an iomarca piobar san anraith sin!" Alice dúirt léi féin
"There's certainly too much pepper in that soup!" Alice said to herself
dúirt sí é mar is fearr a d'fhéadfadh sí gan sraothartach
she said it as best she could without sneezing
Fiú an Bandiúc sneezed ó am go chéile
Even the Duchess sneezed occasionally
ach ba iad gníomhartha an linbh na cinn ba shuntasaí
but the baby's actions were the most noteworthy
bhí an leanbh ag sraothartach agus ag howling gach re seach
the baby was sneezing and howling alternately
ní raibh sos nóiméad idir howling agus sneezing
there was not a moment's pause between howling and sneezing
Bhí dhá chréatúr sa chistin nach raibh ag sraothartach
There were two creatures in the kitchen that did not sneeze
bhí an cócaire róghnóthach le sraothartach
the cook was too busy to sneeze
agus ní raibh an cat mór cosúil chun cuimhne an piobar
and the large cat did not seem to mind the pepper
ina ionad sin, bhí an cat mór ag grinning ó chluas go cluas
instead, the large cat was grinning from ear to ear
"Le do thoil ba mhaith leat a insint dom," arsa Alice, beagán

timidly
"Please would you tell me," said Alice, a little timidly
"Cén fáth a bhfuil do chat grinning mar sin?"
"why is your cat grinning like that?"
"Is Cheshire-Cat é," arsa an Bandiúc
"It's a Cheshire-Cat," said the Duchess
"agus sin an fáth go bhfuil sé ag grinning ó chluas go cluas"
"and that's why he's grinning from ear to ear"
"Ní raibh a fhios agam go grinned Cheshire-Cat i gcónaí"
"I didn't know that a Cheshire-Cat always grinned"
"go deimhin, ní raibh a fhios agam go bhféadfadh cait grin,"
a dúirt Alice
"in fact, I didn't know that cats could grin," said Alice
"tá mórán nach bhfuil a fhios agat," arsa an Bandiúc
"there is much you don't know," said the Duchess
"tá go leor nach bhfuil a fhios agat agus is fíric é sin"
"there is much you don't know and that's a fact"
Díreach ansin thóg an cócaire an caldron anraith as an tine
Just then the cook took the caldron of soup off the fire
agus ag an am céanna thosaigh sí ag caitheamh gach rud
laistigh dá sroicheadh
and at once she started throwing everything within her reach
chaith sí gach rud a d'fhéadfadh sí ag an Bandiúc agus an
babe
she threw everything she could at the Duchess and the babe
ar dtús chaith sí na tine-iarainn
first she threw the fire-irons
ansin chaith sí dornán sáspan
then she threw a handful of saucepans
agus ar deireadh chaith sí na plátaí agus na miasa
and finally she threw the plates and dishes
Níor thug an Bandiúc aon aird uirthi
The Duchess took no notice of her
fiú nuair a bhuail pláta í ní raibh imní uirthi
even when she was hit by a plate she did not worry
bhí an leanbh ag howling an oiread sin cheana féin
the baby was already howling so much

mar sin níorbh fhéidir a rá ar ghortaigh na buillí an leanbh nó nár ghortaigh
so it was impossible to say whether the blows hurt the baby or not
"Ó, le do thoil aigne cad tá tú ag déanamh!" Adeir Alice
"Oh, please mind what you're doing!" cried Alice
agus léim sí suas is anuas in aimhréidh sceimhle
and she jumped up and down in an agony of terror
thairg an Bandiúc Alice an leanbh
the Duchess offered Alice the baby
"Anseo! Is féidir leat altra an leanbh le beagán, más mian leat! "
"Here! You may nurse the baby a bit, if you like!"
agus d'eitil sí an leanbh uirthi agus í ag caint
and she flung the baby at her as she spoke
"Caithfidh mé dul agus a bheith réidh le croquet a imirt leis an mbanríon"
"I must go and get ready to play croquet with the queen"
agus hurried sí amach as an seomra
and she hurried out of the room
Alice ghabh an leanbh le roinnt deacracht
Alice caught the baby with some difficulty
toisc gur créatúr beag an-chorrchruthach a bhí ann
because it was a very odd-shaped little creature
agus choinnigh an leanbh a ghéaga agus a chosa amach i ngach treo
and the baby held out its arms and legs in all directions
"Is fearr liom an leanbh seo a thógáil ar shiúl liom," shíl Alice
"I better take this child away with me," thought Alice
"tá siad cinnte an leanbh seo a mharú i lá nó dhó"
"they're sure to kill this baby in a day or two"
"Nach dúnmharú a bheadh ann an leanbh seo a fhágáil ina dhiaidh?"
"Wouldn't it be murder to leave this baby behind?"
Dúirt sí na focail dheireanacha amach os ard
She said the last words out loud

agus an rud beag grunted mar fhreagra
and the little thing grunted in reply
"ní fearr duit dul isteach i muc, mo daor," arsa Alice
"you best not turn into a pig, my dear," said Alice
"nó eile ní bheidh aon rud eile le déanamh agam leat"
"or else I'll have nothing more to do with you"
Alice bhí díreach ag tosú chun smaoineamh di féin:
Alice was just beginning to think to herself:
"Anois, cad atá le déanamh agam leis an chréatúr seo, nuair a fhaighim abhaile é?"
"Now, what am I to do with this creature, when I get it home?"
ach ansin grunted an créatúr beag beagán foréigneach
but then the little creature grunted a little violently
agus Alice d'fhéach sé síos ina aghaidh i roinnt aláraim
and Alice looked down into its face in some alarm
An uair seo ní fhéadfadh aon bhotún a bheith ann faoi
This time there could be no mistake about it
ní raibh sé níos mó ná níos lú ná muc
it was neither more nor less than a pig
mar sin leag sí an créatúr beag síos
so she set the little creature down
agus an créatúr beag trot ar shiúl go ciúin isteach sa choill
and the little creature trot away quietly into the wood
Alice bhraith faoiseamh go leor a fheiceáil ar an créatúr dul
Alice felt quite relieved to see the creature go
Baineadh geit beag as Alice nuair a chonaic sí an Cheshire-Cat
Alice was a little startled by seeing the Cheshire-Cat
bhí sé ina shuí ar phreab crainn cúpla slat amach
it was sitting on a bough of a tree a few yards off
Níor grinned an cat ach amháin nuair a chonaic sé í
The cat only grinned when it saw her
"Cheshire-cat," thosaigh Alice, in áit timidly
"Cheshire-cat," began Alice, rather timidly
"ar mhaith leat a insint dom cén bealach ba chóir dom dul as seo?"
"would you please tell me which way I ought to go from

here?"
"Sa treo sin," arsa an cat
"In that direction," the cat said
agus chaith sé an lapa ceart timpeall
and it waved the right paw around
"Sa treo sin tá déantóir hataí ina chónaí"
"In that direction lives a maker of hats"
agus ansin chaith an cat a lapa eile
and then the cat waved its other paw
"agus sa treo sin maireann giorria máirseála"
"and in that direction lives a march hare"
**"Tabhair cuairt ar cheachtar is mian leat; tá siad beirt as a
meabhair"**
"Visit either you like; they're both mad"
"Ach níl mé ag iarraidh dul i measc daoine buile," arsa Alice
"But I don't want to go among mad people," Alice remarked
"Ó, ní féidir leat cabhrú leis sin," arsa an Cat
"Oh, you can't help that," said the Cat
"Tá muid ar fad ar buile anseo"
"we're all mad here"
"An bhfuil tú ag imirt croquet leis an banríon inniu?"
"are you playing croquet with the queen today?"
"Ba mhaith liom buíochas go mór," arsa Alice
"I would like to very much," said Alice
"ach níor tugadh cuireadh dom fós"
"but I haven't been invited yet"
"Feicfidh tú mé ann," arsa an Cat
"You'll see me there," said the Cat
**agus ó nóiméad amháin go dtí an chéad cheann eile d'imigh
an cat**
and from one moment to the next the cat vanished
go luath Alice fuair i radharc ar an teach an ghiorria márta
soon Alice got in sight of the house of the march hare
Teach an-mhór a bhí ann
this was a very large house
mar sin ní raibh Alice ag iarraidh dul in aice leis an teach
so Alice did not want to go near the house

ar dtús bhí sí a nibble roinnt níos mó de na giotán taobh clé
de muisiriún
first she had to nibble some more of the left side bit of
mushroom

cóisir tae buile
a mad tea-party

Os comhair an tí bhí crann
In front of the house there was a tree
agus faoin gcrann bhí bord ann
and under the tree there was a table
agus socraíodh an tábla le gach cineál sceanra
and the table was set with all sorts of cutlery
bhí an giorria máirseála agus an déantóir hata ag an mbord
the march hare and the hat maker were at the table
agus le chéile bhí tae acu
and together they were having tea
bhí dormouse ina shuí eatarthu
a dormouse was sitting between them
agus bhí an dormouse ina chodladh go tapa
and the dormouse was fast asleep
Bhí an tábla de mhéid neamhghnách
The table was of extraordinary size
ach bhí an chuid is mó den tábla neamháitithe
but most of the table was unoccupied
shuigh siad plódaithe le chéile ag cúinne amháin den bhord
they sat crowded together at one corner of the table
agus fós rinne siad leithscéalta nuair a chonaic siad Alice
and yet they made excuses when they saw Alice
"Níl seomra! Níl aon seomra!" Adeir siad amach
"No room! No room!" they cried out
"Níl neart seomra!" A dúirt Alice indignantly
"There's plenty of room!" said Alice indignantly
ag ceann amháin den tábla bhí cathaoir mhór lámh ann
at one end of the table there was a large arm-chair

agus shuigh Alice í féin sa cathaoireach
and Alice sat herself in the armchair
d'oscail an déantóir hata a shúile an-leathan
the hat maker opened his eyes very wide
ní fhéadfadh sé a chreidiúint cad a bhí sé ag feiceáil
he couldn't believe what he was seeing
ach bhí a intinn fiosrach faoi rudaí eile
but his mind was curious about other things
"Cén fáth go bhfuil raven cosúil le deasc scríbhneoireachta?"
"Why is a raven like a writing-desk?"
Bhí Alice oscailte don dúshlán
Alice was open to the challenge
"Tá áthas orm go bhfuil siad tosaithe ag iarraidh tomhaiseanna"
"I'm glad they've begun asking riddles"
"Creidim gur féidir liom buille faoi thuairim a thabhairt faoi sin," a dúirt sí os ard
"I believe I can guess that," she added aloud
D'fhás an giorria máirseála fiosrach faoi Alice
The march hare grew curious about Alice
"An gceapann tú i ndáiríre gur féidir leat an freagra a fháil?"
"Do you really think you can find the answer?"
"Sílim gur féidir liom teacht ar an freagra go deimhin," arsa Alice
"I think I can find the answer indeed," said Alice
"Ansin ba chóir duit a rá cad atá i gceist agat," chuaigh an giorria márta ar aghaidh
"Then you should say what you mean," the march hare went on
"Is féidir liom a rá cad is ciall agam," fhreagair Alice hastily
"I do say what I mean," Alice hastily replied
"ar a laghad ciallaíonn mé an méid a deirim"
"at the very least I mean what I say"
"Sin an rud céanna, tá a fhios agat"
"that's the same thing, you know"
Chuir an Dormouse leis an gcomhrá freisin
the dormouse also contributed to the conversation

ach ba chosúil go raibh an dormouse ag caint ina chodladh
but the dormouse seemed to be talking in its sleep
"Breathe mé nuair a chodladh mé"
"I breathe when I sleep"
"Codlaím nuair a análaim!"
"I sleep when I breathe!"
"d'fhéadfá a rá chomh maith go bhfuil siad mar an gcéanna freisin"
"you might as well say they are the same too"
"Is é an rud céanna leat," arsa an déantóir hata
"It is the same thing with you," said the hat maker
agus dhoirt sé tae beag ar shrón an dormouse
and he poured a little tea on the dormouse's nose
Chroith an Dormouse a cheann go mífhoighneach
The Dormouse shook its head impatiently
agus arís labhair an dormouse, gan a shúile a oscailt
and again the dormouse spoke, without opening its eyes
"Ar ndóigh, ar ndóigh tá sé mar an gcéanna"
"Of course, of course it is the same"
"sin díreach a bhí mé ag dul a rá mé féin"
"that's just what I was going to say myself"

D'iompaigh an déantóir hata ar Alice agus d'iarr sé ceist eile
The hat maker turned to Alice and asked another question
"An bhfuil buille faoi thuairim agat ar an riddle fós?"
"Have you guessed the riddle yet?"
"Níl, a thabhairt mé suas," ghéill Alice
"No, I give up," Alice conceded
"Cad é an freagra?" theastaigh uaithi a fháil amach
"What's the answer?" she wanted to know
"Níl an smaoineamh is lú agam," arsa an déantóir hata
"I haven't the slightest idea," said the hat maker
"Ná níl a fhios agam," arsa an giorria máirseála
"Nor do I know," said the march hare
Alice thug osna traochta
Alice gave a weary sigh
"tá úsáidí níos fearr ama ná tomhaiseanna gan freagraí"
"there are better uses of time than riddles without answers"
"tá roinnt tae níos mó," a dúirt an giorria márta Alice, an-earnestly
"have some more tea," the march hare said to Alice, very earnestly
Alice bhí ciontaithe go leor ag an tairiscint
Alice was quite offended by the offer
"Ní raibh tae agam go fóill," d'fhreagair Alice
"I've had not had tea yet," Alice replied
"dá bhrí sin ní féidir liom tae níos mó a bheith agam"
"therefore I can't have any more tea"
"Ciallaíonn tú nach féidir leat a bheith níos lú tae," a dúirt an déantóir hata
"You mean you can't have less tea," said the hat maker
"tá sé an-éasca níos mó ná rud ar bith a ghlacadh"
"it's very easy to take more than nothing"
Ag seo, d'éirigh Alice agus shiúil sí amach
At this, Alice got up and walked off
Thit an dormouse ina chodladh láithreach
The dormouse fell asleep instantly
agus níor thug ceachtar de na daoine eile faoi deara a laghad go raibh sí ag dul

and neither of the others took the least notice of her going
cé gur fhéach sí siar uair nó dhó
though she looked back once or twice
bhí siad ag iarraidh an dormouse a chur isteach sa phota tae
they were trying to put the dormouse into the tea-pot
"Ag aon ráta, ní bheidh mé ag dul ann arís!" A dúirt Alice
"At any rate, I'll never go there again!" said Alice
agus shiúil sí a bealach tríd an gcoill
and she walked her way through the woods
"ba é sin an tae-pháirtí is dúr a bhí agam riamh"
"that was the stupidest tea-party I've ever been to"
Díreach mar a dúirt sí seo, thug sí faoi deara rud éigin
Just as she said this, she noticed something
bhí doras ag ceann de na crainn ag dul isteach ann
one of the trees had a door leading right into it
"Tá sé sin an-suimiúil!" a cheap sí
"That's very interesting!" she thought
"Sílim go mb'fhéidir go rachainn tríd an doras chomh maith"
"I think I may as well go through the door"
Agus tríd an doras chuaigh sí
And through the door she went
Uair amháin eile fuair sí í féin sa halla fada
Once more she found herself in the long hall
arís bhí sí gar don bhord beag gloine
again she was close to the little glass table
thóg sí an eochair bheag órga
she took the little golden key
agus dhíghlasáil sí an doras a thug isteach sa ghairdín
and she unlocked the door that led into the garden
**Ansin shocraigh sí a bheith ag obair nibbling ag an
muisiriún**
Then she set to work nibbling at the mushroom
choinnigh sí píosa den mhuisiriún ina póca
she had kept a piece of the mushroom in her pocket
agus ar deireadh bhí sí thart ar mhéadar ar airde
and finally she was about a metre tall
ansin shiúil sí síos an dorchla beag

then she walked down the little corridor
agus ansin fuair sí í féin sa ghairdín álainn ar deireadh
and then she finally found herself in the beautiful garden
**agus bhí sí i measc an bhlátha gheal agus na fountains
fionnuar**
and she was among the bright flower and the cool fountains

Talamh croquet na banríona

The queen's croquet ground

Bhí crann mór róis in aice le bealach isteach an ghairdín

A large rose-tree stood near the entrance of the garden

bhí na rósanna a bhí ag fás ar an gcrann bán

the roses growing on the tree were white

ach bhí triúr garraíodóirí ag péinteáil an róis

but there were three gardeners painting the rose

bhí siad ag péinteáil go busúil na rósanna dearga

they were busily painting the roses red

agus bhí Alice ag breathnú orthu péint na rósanna dearg

and Alice was watching them paint the roses red

agus go tobann a súile seans titim ar Alice

and suddenly their eyes chanced to fall upon Alice

Alice labhair beagán timidly

Alice spoke a little timidly

"An ndéarfá liom, le do thoil;"

"Would you tell me, please;"

"Cén fáth a bhfuil tú go léir ag péinteáil na rósanna sin?"

"why are you all painting those roses?"

a cúig agus a seacht dúirt rud ar bith, ach d'fhéach sé ar dhá

five and seven said nothing, but looked at two

labhair beirt, i nglór íseal

two spoke, in a low voice

"Cén fáth, is é fírinne an scéil, feiceann tú, madam"

"Why, the fact is, you see, madam"

"ba chóir go mbeadh sé seo anseo ina rós-chrann dearg"

"this here ought to have been a red rose-tree"

"agus chuir muid crann róis bán isteach trí dhearmad"

"and we put a white rose-tree in by mistake"

"Mar a d'aontódh tú, ní mór don Bhanríon a fháil amach"

"as you would agree, the queen must not find out"

"eile bheadh ár gcinn gearrtha amach againn go léir"

"else we would all have our heads cut off"

"Mar sin, feiceann tú, madam, táimid ag déanamh ár ndícheall"

"So you see, madam, we're doing our best"

bhí cárta a cúig ag féachaint go himníoch trasna an ghairdín
card five had been anxiously looking across the garden
Ag an nóiméad seo cárta cúig ar a dtugtar amach, "An banríon! An bhanríon!"
At this moment card five called out, "The queen! The queen!"
agus an triúr garraíodóirí scurried láithreach ar shiúl
and the three gardeners instantly scurried away
agus chaitheadar iad féin cothrom ar a n-aghaidh
and they threw themselves flat upon their faces
Bhí fuaim go leor coiscéim ann
There was a sound of many footsteps
Alice d'fhéach sé timpeall, fonn a fheiceáil ar an banríon
Alice looked around, eager to see the queen
Ag tús an mhórshiúl bhí deichniúr saighdiúirí
At the start of the procession were ten soldiers
bhí a lámha agus a chosa sna coirnéil
their hands and feet were in the corners
agus ina lámha agus ina gcosa bhí clubanna
and in their hands and feet were clubs
Ansin tháinig an deichniúr cúirtéirí
next came the ten courtiers
ornáidíodh na cúirtéirí ar fud na háite le diamaint
the courtiers were ornamented all over with diamonds
Tar éis do na cúirtéirí teacht ar na leanaí ríoga
After the courtiers came the royal children
bhí deichniúr de na leanaí ríoga ann
there were ten of the royal children
agus ornáidíodh na páistí ríoga go léir le croíthe
and all the royal children were ornamented with hearts
Ansin tháinig na haíonna; ríthe agus banríonacha den chuid is mó
Next came the guests; mostly kings and queens
agus i measc na ríthe agus na banríona Alice chonaic duine éigin
and among the kings and queen Alice saw someone
chonaic sí arís an coinín bán a bhí ruaigthe aici
she saw again the white rabbit she had chased

Lean an mórshiúl an knave de hearts
The procession was followed the knave of hearts
bhí coróin an rí á hiompar aige
he was carrying the king's crown
agus bhí coróin an rí ar mhaolú veilbhit crimson
and the king's crown was on a crimson velvet cushion
agus ansin tháinig deireadh leis an mórshiúl mór seo
and then came the end of this grand procession
agus is ann sin do bhí rí agus banríon na gcroíthe
and there at the end were the king and queen of hearts
tháinig an mórshiúl os coinne Alice
the procession came opposite to Alice
agus stop siad go léir agus d'fhéach siad uirthi
and they all stopped and looked at her
agus dúirt an bhanríon go trom, "Cé hé seo?"
and the queen said severely, "Who is this?"
Dúirt sí é leis an Knave of Hearts
She said it to the Knave of Hearts
ach chrom sé agus aoibh air mar fhreagra
but he just bowed and smiled in reply
Alice labhair an-bhéasach
Alice spoke very politely
"Is é mo ainm Alice, mar sin le do thoil do SOILSE"
"My name is Alice, so please your majesty"
ach bhí smaointe eile aici di féin
but she had other thoughts to herself
"Níl iontu ach pacáiste cártaí, tar éis an tsaoil!"
"they're only a pack of cards, after all!"
"An féidir leat croquet a imirt?" a scairt an bhanríon
"Can you play croquet?" shouted the queen
Ba léir go raibh an cheist i gceist d'Alice
The question was evidently meant for Alice
"Sea!" A dúirt Alice os ard
"Yes!" said Alice loudly
"Tar ag súgradh ansin!" roared an bhanríon
"Come play then!" roared the queen
labhair guth timid le Alice

a timid voice spoke to Alice
"Is lá an-bhreá é!"
"it's a very fine day!"
Bhí sí ag siúl ag an coinín bán
She was walking by the white rabbit
**agus bhí an Coinín Bán ag gobadh go himníoch isteach ina
aghaidh**
and the White Rabbit was peeping anxiously into her face
"lá an-fíneáil go deimhin," dhearbhaigh Alice
"a very fine day indeed," confirmed Alice
"Cá bhfuil an bandiúc?"
"Where's the duchess?"
"Hush! Hush!" arsa an coinín
"Hush! Hush!" said the Rabbit
"Tá sí faoi phianbhreith báis"
"She's under sentence of execution"
"Cad tá sí á fhorghníomhú le haghaidh?" D'iarr Alice
"What is she being executed for?" asked Alice
"Scuffed sí cluasa na banríona," thosaigh an coinín
"She scuffed the queen's ears," the rabbit began
scairt an bhanríon i nglór toirneach
the queen shouted in a voice of thunder
"Téigh chuig d'áiteanna!"
"Get to your places!"
agus thosaigh daoine ag rith thart i ngach treo
and people began running about in all directions
agus d'imigh siad go léir in aghaidh a chéile
and they all tumbled up against each other
Mar sin féin, shocraigh siad síos i nóiméad nó dhó
However, they got settled down in a minute or two
agus ansin thosaigh an cluiche
and then the game began
Ní fhaca Alice talamh croquet aisteach den sórt sin riamh
Alice had never seen such a curious croquet ground
bhí an féar go léir iomairí agus furrows
the grass was all ridges and furrows
Ba ghráinneoga fíor iad na liathróidí croquet

The croquet balls were real hedgehogs
agus bhí na mallets flamingos fíor
and the mallets were real flamingos
agus sheas na saighdiúirí ar a lámha agus ar a gcosa
and the soldiers stood on their hands and feet
toisc go ndearnadh na háirsí as a gcorp
because the arches was made from their bodies
D'imir na himreoirí ar fad ag an am céanna
The players all played at once
níor fhan aon duine ar a seal
nobody waited for their turns
agus gach duine quarrelled le gach duine
and everyone quarrelled with everyone
agus bhí siad go léir ag troid ar son na gráinneog
and all were fighting for the hedgehogs
níorbh fhada go raibh an bhanríon i bpaisean buile
soon the queen was in a furious passion
agus thosaigh sí ag stampáil faoi agus ag béicíl
and she started stamping about and shouting
"Gearr as a cheann!"
"Chop off his head!"
"Gearr as a ceann!"
"Chop off her head!"
"Chop go léir a gceann amach!"
"Chop all their heads off!"
Arís shíl Alice di féin
Again Alice thought to herself
"Tá siad dreadfully fond de beheading daoine anseo"
"They're dreadfully fond of beheading people here"
"An t-iontas mór ná go bhfuil aon duine fágtha beo!"
"the great wonder is that there's anyone left alive!"
Bhí sí ag lorg bealach éalaithe éigin
She was looking about for some way of escape
thug sí faoi deara cuma aisteach san aer
she noticed a curious appearance in the air
"Is é an Cheshire-cat é," a dúirt sí léi féin
"It's the Cheshire-cat," she said to herself

"anois beidh duine éigin agam le labhairt leis"
"now I shall have somebody to talk to"
"Cén chaoi a bhfuil tú ag dul ar aghaidh?" arsa an cat
"How are you getting on?" said the cat
"Ní dóigh liom go n-imríonn siad ar chor ar bith go cothrom," arsa Alice
"I don't think they play at all fairly," Alice said
agus bhí ton sách gearánach aici
and she had a rather complaining tone
"tá siad go léir quarrel sin dreadfully"
"they all quarrel so dreadfully"
"ní féidir le duine é féin a chloisteáil ag labhairt"
"one can't hear oneself speak"
"agus ní cosúil go n-imríonn siad le rialacha ar bith"
"and they don't seem to play by any rules"
d'iarr an cat Alice ceist i guth íseal
the cat asked Alice a question in a low voice
"Cén chaoi a dtaitníonn an bhanríon leat?"
"How do you like the queen?"
"Ní maith liom í ar chor ar bith," arsa Alice
"I don't like her at all," said Alice

Alice shíl d'fhéadfadh sí chomh maith dul ar ais
Alice thought she might as well go back
bhí sí ag iarraidh a fheiceáil conas a bhí an cluiche ag dul
she wanted to see how the game was going
d'imigh sí ar thóir a gráinneog
she went off in search of her hedgehog
Bhí an ghráinneog gnóthach ag troid gráinneog eile
The hedgehog was busy fighting another hedgehog
Deis iontach a bhí anseo
this was an excellent opportunity
d'fhéadfadh sí gráinneog amháin a chrochadh leis an gceann eile
she could croquet one hedgehog with the other
ach bhí a flamingo ar an taobh eile den ghairdín
but her flamingo was on the other side of the garden
bhí an flamingo sách clumsy
the flamingo was rather clumsy
bhí a flamingo ag iarraidh eitilt suas i gcrann
her flamingo was trying to fly up into a tree
Rug sí ar an flamingo ag an gcos
She caught the flamingo by the leg
agus tucked sí an flamingo ar shiúl faoina lámh
and she tucked the flamingo away under her arm
ar an gcaoi sin ní raibh an flamingo in ann éalú arís
that way the flamingo couldn't escape again
Díreach ansin tharla Alice chun freastal ar an bandiúc
Just then Alice happened to meet the duchess
Bhí an bandiúc as príosún anois
The duchess was now out of prison
Tucked sí a lámh affectionately faoi lámh Alice
She tucked her arm affectionately under Alice's arm
agus ansin shiúil siad amach le chéile
and then they walked off together
Alice bhí an-sásta a fháil di i temper den sórt sin taitneamhach
Alice was very glad to find her in such a pleasant temper

Baineadh geit beag aisti, áfach,
She was a little startled, however
chuala sí glór an bhandiúc gar dá cluas
she heard the voice of the duchess close to her ear
"Tá tú ag smaoineamh ar rud éigin, a stór"
"You're thinking about something, my dear"
"agus déanann sé sin dearmad ort labhairt"
"and that makes you forget to talk"
"Tá an cluiche ag dul ar aghaidh in áit níos fearr anois," a dúirt Alice
"The game's going on rather better now," Alice said
bealach amháin a bhí ann leis an gcomhrá a choinneáil ag imeacht
it was one way of keeping the conversation going
"Tá sé amhlaidh go deimhin," arsa an Bandiúc
"it is so indeed," said the duchess
"Agus is é moráltacht sin é seo:"
"and the moral of that is this:"
"Is grá é a dhéanann sé ar fad!"
"It is love that does it all!"
"Is é an grá an rud a fhágann go dtéann an domhan timpeall"
"Love is what makes the world go around"
Bhí míniú eile ag Alice
Alice had another explanation
"Tá sé déanta ag gach duine ag cuimhneamh ar a ghnó féin!"
"it's done by everybody minding his own business!"
"Ah, bhuel! D'fhéadfá a bheith ceart"
"Ah, well! You could be right"
"Ciallaíonn sé go léir i bhfad ar an rud céanna," a dúirt an Bandiúc
"It all means much the same thing," said the Duchess
agus dug sí a smig beag géar isteach ghualainn Alice
and she dug her sharp little chin into Alice's shoulder
"agus is é moráltacht sin é seo"
"and the moral of that is this"
"Tabhair aire don chiall"
"Take care of the sense"

"agus ansin tabharfaidh na fuaimeanna aire dóibh féin"
"and then the sounds will take care of themselves"
ach ansin thosaigh lámh an bhandiúc ag crith
but then the duchess's arm began to tremble
Alice d'fhéach sé suas agus sheas an banríon
Alice looked up and there stood the queen
bhí a lámha fillte ag an mbanríon
the queen had her arms folded
agus bhí sí ag frowning cosúil le stoirm thoirní!
and she was frowning like a thunderstorm!
"Tugaim rabhadh cóir duit," a bhéic an bhanríon
"I give you fair warning," shouted the queen
agus stomped sí ar an talamh mar a labhair sí
and she stomped on the ground as she spoke
"caithfidh do cheann nó a ceann a bheith as"
"either your head or her head must be off"
"Tóg do rogha!"
"Take your choice!"
"agus a bheith gasta faoi"
"and be quick about it"
Rinne an bandiúc a rogha
The duchess made her choice
agus laistigh de nóiméad bhí an bandiúc imithe
and within a moment the duchess was gone
Ansin labhair an bhanríon le Alice
Then the queen spoke to Alice
"Téimis ar aghaidh leis an gcluiche"
"Let's go on with the game"
Alice bhí eagla ró a rá focal
Alice was too frightened to say a word
agus lean sí go mall í ar ais go dtí an talamh croquet-talamh
and she slowly followed her back to the croquet-ground
An t-am ar fad chuaigh an Bhanríon ar seachrán leis na himreoirí eile
the whole time the queen quarrelled with the other players
"Gearr as a cheann!"
"Chop off his head!"

"Gearr as a ceann!"
"Chop off her head!"
"Chop go léir a gceann amach!"
"Chop all their heads off!"
níorbh fhada go raibh na himreoirí go léir faoi choimeád
soon all the players were in custody
ach an rí, an bhanríon, agus Alice fhan
only the king, the queen, and Alice remained
Ansin d'imigh an bhanríon, go leor as anáil
Then the queen left, quite out of breath
agus shiúil sí ar shiúl le Alice
and she walked away with Alice
Alice chuala an rí a rá go ciúin rud éigin
Alice heard the king quietly say something
"Tá pardún agat go léir"
"You are all pardoned"
ach go tobann bhí caoin eile le cloisteáil
but suddenly there was another cry heard
"Tá an triail ag tosú!"
"The trial is beginning!"
agus Alice ar siúl in éineacht leis na daoine eile
and Alice ran along with the others

Cé a ghoid na toirtíní?
who stole the tarts?

Bhí rí agus banríon na gcroíthe ina suí
The king and queen of hearts were seated
bhí siad ar a ríchathaoir nuair a tháinig Alice
they were on their throne when Alice arrived
bhí slua mór cruinnithe timpeall orthu
there was a great crowd assembled around them
bhí gach cineál éin agus beithígh beag ann
there were all sorts of little birds and beasts
agus bhí an pacáiste iomlán cártaí ann
and there was the whole pack of cards
bhí an knave ina sheasamh os a gcomhair, i slabhraí

the knave was standing in front of them, in chains
agus bhí saighdiúir ar gach taobh chun é a chosaint
and there was a soldier on each side to guard him
in aice leis an Rí bhí an coinín bán
near the King was the white rabbit
bhí trumpa i lámh amháin aige
he had a trumpet in one hand
agus bhí scrolla pár aige sa láimh eile
and he had a scroll of parchment in the other hand
I lár na cúirte bhí tábla
In the very middle of the court was a table
ar an mbord bhí mias mór toirtíní
on the table was a large dish of tarts
"Is mian liom gur mhaith leo a fháil ar an triail a rinneadh,"
Shíl Alice
"I wish they'd get the trial done," Alice thought
"Ansin d'fhéadfaimis cuid de na sólaistí sin a ithe!"
"then we could eat some of those refreshments!"

Ba é an breitheamh, dála an scéil, an rí
The judge, by the way, was the king
agus chaith sé a choróin thar a wig mór
and he wore his crown over his great wig
"Sin é an giúiré-bhosca," shíl Alice
"That's the jury-box," thought Alice
"agus an dá chréatúr déag sin, is dócha gurb iad na giúróirí iad"
"and those twelve creatures, I suppose they are the jurors"
ainmhithe a bhí i gcuid acu, agus ba éin iad cuid acu
some were animals, and some were birds
Díreach ansin adeir an coinín bán amach
Just then the white rabbit cried out
"Ciúnas sa chúirt!"
"Silence in the court!"
"Herald, léigh an cúiseamh!" arsa an rí
"Herald, read the accusation!" said the king
Shéid an coinín bán trí phléasc ar an trumpa
the white rabbit blew three blasts on the trumpet
ansin unrolled sé an pár-scrollbharra
then he unrolled the parchment-scroll
agus is mar seo a leanas a léigh sé:
and he read as follows:
"Banríon na gcroíthe, rinne sí roinnt toirtíní,"
"The queen of hearts, she made some tarts,"
"Seo go léir a rinne sí ar lá samhraidh"
"All this she did on a summer day"
"An knave de hearts, ghoid sé na toirtíní"
"The knave of hearts, he stole those tarts"
"Agus thóg sé na toirtíní sin i bhfad ar shiúl!"
"And he took those tarts far away!"
"Glaoigh ar an gcéad fhinné," arsa an rí
"Call the first witness," said the king
agus shéid an coinín bán trí phléasc ar an trumpa
and the white rabbit blew three blasts on the trumpet
"Tabhair leat an chéad fhinné!" a ghlaoigh sé amach

"bring the first witness!" he called out
Ba é an chéad fhinné an déantóir hata
The first witness was the hat maker
tháinig sé isteach le teacup i lámh amháin
he came in with a teacup in one hand
agus bhí píosa aráin agus ime sa láimh eile aige
and he had a piece of bread and butter in the other hand
"Ba chóir duit a bheith críochnaithe," arsa an Rí
"You ought to have finished," said the King
"Cathain a thosaigh tú?"
"When did you begin?"
D'fhéach an déantóir hata ar an ngiorria máirseála
The hat maker looked at the march hare
lean giorria an Mhárta é isteach sa chúirt
the march hare had followed him into the court
bhí sé tar éis siúl lámh i lámh leis an dormouse
he had walked arm in arm with the dormouse
"An Ceathrú Lá Déag de Mhárta, sílim go raibh sé," a dúirt
sé
"Fourteenth of March, I think it was," he said
"Tabhair d'fhianaise," arsa an rí
"Give your evidence," said the king
"agus ná bí neirbhíseach, nó beidh mé tar éis tú a chur chun
báis ar an láthair"
"and don't be nervous, or I'll have you executed on the spot"
Is cosúil nár spreag sé sin an finné ar chor ar bith
This did not seem to encourage the witness at all
choinnigh sé ag aistriú ó chos amháin go cos eile
he kept shifting from one foot to the other
agus d'fhéach sé go míshuaimhneach ar an mbanríon
and he looked uneasily at the queen
agus, ina mhearbhall, giota sé píosa mór as a teacup
and, in his confusion, he bit a large piece out of his teacup
bhí sé i gceist aige greim a fháil óna arán agus im
really he meant to bite from his bread and butter
Díreach ag an nóiméad seo bhraith Alice ceint an-aisteach
Just at this moment Alice felt a very curious sensation

bhí sí ag fás níos mó arís
she was beginning to grow larger again
Thit an déantóir hata olc a teacup
The miserable hat maker dropped his teacup
agus thit an t-arán agus an t-im go talamh
and the bread and butter fell to the ground
agus chuaigh sé síos ar ghlúin amháin
and he went down on one knee
"Is fear bocht mé, a shoilse," ar seisean
"I'm a poor man, your majesty," he began
"Is cainteoir an-bhocht thú," arsa an rí
"You're a very poor speaker," said the king
"Féadfaidh tú dul," arsa an rí
"You may go," said the king
agus d'fhág an déantóir hata an chúirt go tapa
and the hat maker hurriedly left the court
"Glaoigh ar an gcéad fhinné eile!" arsa an rí
"Call the next witness!" said the king
Ba é an chéad fhinné eile cócaire an bandiúc
The next witness was the duchess's cook
D'iompair sí an bosca piobair ina lámh
She carried the pepper-box in her hand
**agus thosaigh na daoine in aice an dorais ag sraothartach ar
fad ag an am céanna**
and the people near the door began sneezing all at once
"Tabhair d'fhianaise," arsa an rí
"Give your evidence," said the king
"Ní thabharfaidh mé aon fhianaise," arsa an cócaire
"I shall give no evidence," said the cook
D'fhéach an rí go himníoch ar an gcoinín bán
The king looked anxiously at the white rabbit
agus labhair an coinín bán i nglór ciúin
and the white rabbit spoke in a quiet voice
"Ní mór do Shoilse tras-scrúdú an finné"
"your majesty must cross-examine this witness"
"Bhuel, más gá dom, caithfidh mé," arsa an rí
"Well, if I must, I must," the king said

"Cad as a ndéantar toirtíní?"
"What are tarts made of?"
"Tá toirtíní déanta as piobar, den chuid is mó," a dúirt an cócaire
"tarts are made of pepper, mostly," said the cook
Ar feadh roinnt nóiméad bhí mearbhall ar an gcúirt ar fad
For some minutes the whole court was in confusion
Faoi dheireadh shocraigh siad go léir síos arís
eventually they all settled down again
ach faoin am sin bhí an cócaire imithe
but by then the cook had disappeared
"Ná bac leis!" arsa an rí
"Never mind!" said the king
"glaoch ar an seastán an chéad fhinné eile"
"call to the stand the next witness"
Alice faire ar an coinín bán mar fumbled sé thar an liosta
Alice watched the white rabbit as he fumbled over the list
is féidir leat a shamhlú a iontas ar an méid a chuala sí seo chugainn
you can imagine her surprise at what she heard next
ag barr a ghuth beag shrill, d'iarr sé an t-ainm "Alice!"
at the top of his shrill little voice, he called the name "Alice!"

Fianaise Alice
Alice's evidence

"Anseo!" Adeir Alice
"Here!" cried Alice
Léim sí suas faoi dheifir mhór
She jumped up in a great hurry
agus tipped sí thar an ghiúiré-bhosca
and she tipped over the jury-box
agus bhuail sí os cionn na ngiúiréithe go léir
and she knocked over all the jurymen
agus do thuit siad ar aghaidh go ceann an tslua thíos
and they fell on to the heads of the crowd below
Alice bhí i dismay mór
Alice was in great dismay
"Ó, impím ar do phardún!" exclaimed sí
"Oh, I beg your pardon!" she exclaimed
"Ní féidir dul ar aghaidh leis an triail," arsa an rí
"The trial cannot proceed," said the king
"caithfidh na giúiréithe dul ar ais ina n-áiteanna cearta"
"the jurymen must get back in their proper places"
rinne sé an t-ordú arís agus béim mhór air
he repeated the order with great emphasis
agus d'fhéach sé ar Alice sternly
and he looked at Alice sternly
"Cad atá ar eolas agat faoi na himeachtaí seo?" D'iarr an rí Alice
"What do you know about these events?" the king asked Alice
"Tá a fhios agam rud ar bith ar an ábhar," a dúirt Alice
"I know nothing on the subject," said Alice
Léigh an rí as a leabhar ansin
The king then read from his book
"Riail daichead a dó"
"Rule forty two"
"Tá gach duine níos mó ná míle ar airde chun an chúirt a fhágáil"
"All persons more than a mile high are to leave the court"
"Níl mé míle ard," arsa Alice

"I'm not a mile high," said Alice
"Beagnach dhá mhíle ar airde," arsa an Bhanríon
"Nearly two miles high," said the Queen

"Bhuel, diúltaím dul," arsa Alice
"Well, I refuse to go," said Alice
D'iompaigh an rí pale
The king turned pale
agus dhún sé a leabhar nótaí go hastily
and he shut his note-book hastily
"Smaoinigh ar do fhíorasc," a dúirt sé leis an ngiúiré
"Consider your verdict," he said to the jury
labhair sé i nguth íseal, crith
he spoke in a low, trembling voice
ansin labhair an coinín bán
then the white rabbit spoke
"Tá níos mó fianaise le teacht fós"
"There's more evidence to come yet"
agus léim sé suas faoi dheifir mhór

and he jumped up in a great hurry
"Tá an páipéar seo díreach pioctha suas"
"This paper has just been picked up"
"Is cosúil gur litir í a scríobh an príosúnach"
"It seems to be a letter written by the prisoner"
Nocht sé an páipéar agus é ag caint
He unfolded the paper as he spoke
"Ní litir í, tar éis an tsaoil"
"It isn't a letter, after all"
"sraith véarsaí a bhí ann"
"what it was was a set of verses"
"Le do thoil, a shoilse," arsa an knave
"Please, your majesty," said the knave
"Níor scríobh mé na véarsaí sin"
"I didn't write those verses"
"agus ní féidir leo a chruthú gur scríobh mé rud ar bith"
"and they can't prove that I wrote anything"
"níl aon ainm sínithe ag an deireadh"
"there's no name signed at the end"
labhair an rí leis an knave
the king spoke to the knave
**"Caithfidh tú a bheith i gceist a chur faoi deara roinnt
mischief"**
"You must have meant to cause some mischief"
**"eile ba mhaith leat a bheith sínithe d'ainm cosúil le fear
macánta"**
"else you'd have signed your name like an honest man"
Bhí bualadh bos ginearálta na lámha
There was a general clapping of hands
agus d'iompaigh an rí ar an gcoinín bán
and the king turned to the white rabbit
"Léigh na véarsaí," d'ordaigh sé
"Read the verses," he ordered
Bhí tost marbh sa chúirt
There was dead silence in the court
agus léigh an coinín bán amach na véarsaí
and the white rabbit read out the verses

Dúirt siad liom go raibh tú léi
They told me you had been to her
Agus luaigh siad mé leis
And they mentioned me to him
Thug sí dea-charachtar dom
She gave me a good character
Ach dúirt sí nach bhféadfainn snámh
But she said I could not swim
Chuir sé focal chucu nach raibh mé imithe
He sent them word I had not gone
Tá a fhios againn go bhfuil sé fíor
We know it to be true
Dá mbrúfadh sí an t-ábhar ar aghaidh, céard a thiocfadh díot?
If she should push the matter on, what would become of you?
Thug mé ceann di, they gave him two
I gave her one, they gave him two
Thug tú trí cinn nó níos mó dúinn
You gave us three or more
D'fhill siad go léir uaidh chugat
They all returned from him to you
cé go raibh siad mianach roimh
although they were mine before
Má tá seans agam nó aici a bheith
If I or she should chance to be
Dá mbeinn nó sí páirteach sa chaidreamh seo
If I or she were involved in this affair
Tá muinín aige as duit iad a shocrú saor in aisce
He trusts to you to set them free
Go díreach mar a bhí muid
Exactly as we were
Ba é mo nóisean go raibh tú
My notion was that you had been
Sula raibh sí seo oiriúnach
Before she had this fit
Constaic a tháinig idir
An obstacle that came between

Eisean, agus muid féin, agus é
Him, and ourselves, and it
Ná lig dó a fhios gur thaitin sí leo is fearr
Don't let him know she liked them best
Mar ní mór é seo a bheith ina rún go deo, coinnithe ón gcuid eile go léir
For this must for ever be a secret, kept from all the rest
Caithfidh an rún seo fanacht ina rún idir tú féin agus mise
This secret must remain a secret between yourself and me
bhí an rí an-tógtha
the king was very impressed
"Sin an píosa fianaise is tábhachtaí atá cloiste againn fós"
"That's the most important piece of evidence we've heard yet"
"Ní chreidim go n-iompraíonn na véarsaí sin adamh brí," arsa Alice
"I don't believe those verses carry an atom of meaning," objected Alice
bhí a thuairim féin ag an Rí ar an ábhar
the King had his own opinion on the matter
"Mura bhfuil aon bhrí sna focail sin, sábhálann sé sin saol na trioblóide"
"If there's no meaning in those words, that saves a world of trouble"
"ansin ní gá dúinn iarracht a dhéanamh teacht ar an bhrí"
"then we needn't try to find the meaning"
"Lig don ghiúiré a bhfíorasc a bhreithniú"
"Let the jury consider their verdict"
"Níl, níl!" arsa an bhanríon
"No, no!" said the queen
"Pianbhreith a ghearradh ar dtús—fíorasc ina dhiaidh sin"
"Sentencing first—verdict afterwards"
"Stuif agus nonsense!" A dúirt Alice os ard
"Stuff and nonsense!" said Alice loudly
"Cé chomh amaideach is atá sé pianbhreith a ghearradh ar an gcosantóir ar dtús!"
"how silly it is to sentence the defendant first!"

"Coinnigh do theanga!" arsa an bhanríon, ag casadh corcra
"Hold your tongue!" said the queen, turning purple
"Ní bheidh mé i seilbh mo theanga!" Arsa Alice
"I will not hold my tongue!" said Alice
scairt an bhanríon ar bharr a gutha
the queen shouted at the top of her voice
"Gearr as a ceann!"
"chop off her head!"
Ní dhearna aon duine gluaiseacht
Nobody made a movement
"Cé cares cad a deir tú?" Arsa Alice
"Who cares what you say?" said Alice
bhí sí tar éis fás go dtí a méid iomlán faoin am seo
she had grown to her full size by this time
"Níl ionat ach paca cártaí!"
"You're nothing but a pack of cards!"
Ag seo, d'ardaigh na cártaí go léir suas san aer
At this, all the cards rose up in the air
agus tháinig na cártaí go léir ag eitilt anuas uirthi

and all the cards came flying down upon her
thug sí scread beag
she gave a little scream
bhí leath eagla uirthi, ach bhí fearg uirthi freisin
she was half afraid, but also angry
agus rinne sí iarracht na cártaí a throid uaithi féin
and she tried to fight the cards off of herself
agus ansin fuair sí í féin ina luí ar bhruach an fhéir
and then she found herself lying on the grass bank
bhí a ceann i lap a deirféar
her head was in the lap of her sister
bhí roinnt duilleoga marbha tagtha i dtír ar a héadan
some dead leaves had landed on her face
agus bhí a deirfiúr ag scuabadh na nduilleog go réidh
and her sister was gently brushing the leaves away
"Dúisigh, Alice daor!" A dúirt a deirfiúr
"Wake up, Alice dear!" said her sister
"Cén codladh fada a bhí agat!"
"what a long sleep you've had!"
"Ó, tá mé go raibh den sórt sin a aisling aisteach!" Arsa Alice
"Oh, I've had such a curious dream!" said Alice
Agus dúirt sí lena deirfiúr go léir a d'fhéadfadh sí cuimhneamh
And she told her sister all she could remember
na heachtraí aisteacha go léir a raibh tú díreach ag léamh fúthu
all the strange adventures that you have just been reading about
Alice fuair suas agus rith amach
Alice got up and ran off
agus shíl sí, agus í ag rith, faoina brionglóid
and she thought, while she ran, about her dream
"Cén bhrionglóid iontach a bhí ann!"
"what a wonderful dream it had been!"